LETTRES
DE
MON MOULIN

ALPHONSE DAUDET

LETTRES
DE
MON MOULIN

FRANCE LOISIRS
123, boulevard de Grenelle - Paris

© France Loisirs, 1978
ISBN 2-7242-0196-5

PRÉFACE

I. « *Le Petit Chose* »

« Hé! vous, là-bas, le petit Chose! » Je lui avais dit pourtant plus de vingt fois que je m'appelais... Alphonse Daudet. Mais rien n'y fit. L'enfant était pauvre.

Alphonse Daudet est né le 13 avril 1840 à Nîmes. Son père, fabricant de foulards, est ruiné lors de la révolution de février 48. Il faut vendre la fabrique. « Ce fut un coup terrible » pour l'enfant qui, lors de la faillite paternelle, s'était approprié la fabrique, y jouant Robinson : « la fabrique n'était plus la fabrique; c'était mon île déserte (...) la fabrique vendue!... Eh bien, et mon île, mes grottes, mes cabanes? » (1) Et son rêve?

Il faut partir, à Lyon, pour y chercher fortune, mais

(1) *Le Petit Chose.*

en vain. La misère est fidèle aux Daudet et, dit le père du petit Chose, « pour sortir de là, nous n'avons qu'un parti à prendre, maintenant que vous voilà grandis : vendre le peu qui nous reste et chercher chacun de notre côté » (1).

Alphonse, brillant élève, bohème pourtant, poète et écrivain déjà, Alphonse sera pion : « Oui, c'est bien moi, confiera-t-il, ce petit Chose obligé de gagner sa vie à seize ans dans cet horrible métier de pion et l'exerçant au fond d'une province (...) J'ai subi là les basses humiliations du pauvre. »

Un seul espoir : Paris, où vit son frère Ernest qui travaille dans le journalisme. Alphonse Daudet arrive en novembre 1857 dans la « grande ville féroce », mais dans quel état! « Il avait eu à payer, rapporte son frère aux Goncourt, un supplément de bagages, de dictionnaires », sans doute pour s'assurer de son style. « Et il ne lui était pas resté un sou; et il demeura 50 heures sans manger, seulement le matin de l'arrivée à Paris, des marins avec lesquels il voyageait, le voyant blêmir, lui firent boire un peu d'eau-de-vie de leurs gourdes. » Et le petit Chose rêve. Que rêve-t-il? Daudet nous le rapporte dans *L'Arrivée*, écrit en 1875 : « Il me semblait que j'étais en mer, sur un grand navire, cinglant vers de lointains pays. (...) et du fond de l'horizon émerge une île enchantée (...) sur le rivage se tient une princesse... et pas farouche. »

(1) *Op. cit.*

Mais il faut, en attendant, conquérir Paris, le Paris littéraire, le Paris des Salons, le Paris des Elégantes. Daudet découvre la Brasserie des Martyrs où se réunissent de nombreux écrivains et artistes; il rencontre la fougueuse Marie Rieu, l'éditeur Jules Tardieu qui publie, en juillet 1858, les *Amoureuses;* il se lie avec le poète provençal Frédéric Mistral et devient, en 1859, chroniqueur pour *Paris-Journal,* avant d'entrer au *Figaro* (1860), où il publie une première version de *L'Homme à la cervelle d'or,* nouvelle remaniée et publiée dans les *Lettres de mon moulin.*

D'heureux enchaînements, et notamment l'intervention d'une princesse, le conduisent chez le duc de Morny dont il sera l'attaché de cabinet. Le Paris mondain semble conquis : « Alphonse est beau, trop beau même, dit son frère, il a de l'esprit, du génie. Que faut-il de plus pour lui assurer tous les succès? Il les a, il en jouit à sa manière; mais quel vide se fait en lui lorsque la nature rêveuse reprend le dessus? »

Combler ce vide, rejoindre cette île déserte du petit Chose, quelque part, mais où? Partir, sans attendre. La syphilis, dont il est atteint, lui en donne l'occasion. Il va en Algérie au cours de l'hiver 1861 : « Alger, la ville de l'artiste »; ce pays, « ... c'est le triomphe de la couleur locale. Je crois, mon cher, que les voyageurs ont été créés pour faire concevoir une idée des pays qu'ils visitent ». Mais, se demande Daudet, « est-ce un rôle qu'ils remplissent religieusement? ». Voyagent-ils artistiquement, au service de ce qu'ils voient?

Les sensations sont les mêmes lorsqu'il séjourne en Corse, de décembre 1862 à mars 1863. Autant de dépaysements, autant d'exotismes intérieurs, autant de détours qui, lors de son troisième congé hivernal, le mènent dans son Midi, près de Fontvieille, au château de Montauban : « Vous savez, écrit-il à Timoléon, toute mon œuvre est là. » Mais en 1864 tous ces « morceaux de vie », dira plus tard Daudet, sont rêvés, non vécus. Il s'y absentait. Il lui reste désormais à écrire ses rêves, ses cauchemars aussi.

Ce sera, à la fin de 1865, dans le *Moniteur universel du soir*, une première série de neuf *Lettres sur Paris et lettres du village,* esquisse des *Lettres de mon moulin,* publiées elles aussi en feuilleton de 1866 à 1869.

Ce sera *Le Petit Chose* (1868), *Tartarin de Tarascon,* dont la publication commence en décembre 1869, *Les Contes du Lundi,* édités intégralement en mars 1873.

Mais craignant que les Parisiens se lassent « bientôt de m'entendre parler des cigales, des filles d'Arles, du mistral et de mon moulin », il décide, repris en fait par son démon réaliste, d'écrire un roman « plus près d'eux, de leur vie de tous les jours, s'agitant dans leur atmosphère » : ce sera *Fromont jeune et Risler aîné* (1874).

D'autres œuvres, et notamment *L'Arlésienne, Jack, Nabab, Sapho,* suivront, confirmant ainsi la notoriété de Daudet.

Mais autre chose l'attend. Ce n'est plus la misère, mais la maladie : il apprend, en allant consulter Charcot, que ses rhumatismes sont en fait le début d'une maladie de la moelle épinière. Cette maladie et les souffrances qui en résultent ne le laisseront en paix qu'en décembre 1897, jour de sa mort.

II. *Paysage méditerranéen : paysage social*

« C'est de là – de mon moulin – que je vous écris, ma porte grande ouverte, au bon soleil.

» Un joli bois de pins tout étincelant de lumière dégringole devant moi jusqu'au bas de la côte. A l'horizon, les Alpilles découpent leurs crêtes fines... pas de bruit... A peine, de loin en loin, un son de fifre, un courlis dans les lavandes, un grelot de mules sur la route... Tout ce beau paysage provençal ne vit que par la lumière » (1).

Alphonse Daudet est attendri par ce paysage, car la nature méditerranéenne est propice à l'évasion, au rêve. Elle appelle l'amour, celui du berger pour Stéphanette, celui de Jan pour l'Arlésienne. Elle adoucit la mort, la rendant « moins lugubre ». Elle est poème, déliant la parole jusqu'à l'excès – ainsi pour Tartarin de Tarascon – subvertissant les conventions sociales – ainsi pour le sous-préfet qui, voulant composer son discours, s'isole dans un bois de chênes verts; mais « au bout d'une heure, les gens de la sous-préfecture, inquiets de leur maître, sont entrés dans le petit bois, ils ont vu un spectacle qui les a fait reculer d'horreur... M. le sous-préfet était couché sur le ventre, dans l'herbe, débraillé, comme un bohème.

(1) *Lettres de mon moulin.*

Il avait mis son habit bas... et, tout en mâchonnant des violettes, M. le sous-préfet faisait des vers » (1).

Pourtant cette nature est troublante; « trop de soleil, trop de mistral, une vraie journée de Provence » (2). Ce paysage est accablant, « à force de vie », il est mortel : la *Sémillante* fera naufrage en plein midi, et « ce plein midi-là ne valait guère mieux qu'une nuit noire comme la gueule d'un loup » (3).

Le rêve y est dangereux, la surabondance fatale, le réalisme nécessaire; et pendant longtemps, Daudet cherchera « le point de fusion entre le réalisme et le rêve, entre la mystérieuse beauté de la vie et sa crue vérité, c'est-à-dire aussi le point d'apaisement de sa double nature intime » (4).

Fusion et non séparation ou opposition. Réalisme et rêve : quelque chose de terrible et de doux à la fois. Un joli conte d'amour par exemple. Des *Lettres de mon moulin* en somme.

Aussi, « à une dame qui lui demande des histoires gaies », Daudet répond, de Provence : « Je suis encore trop près de Paris. Tous les jours, jusque dans les pins, il m'envoie les éclaboussures de ses tristesses. » Paris, c'est le long voyage en train, sans un sou, c'est « la vérité crue » des naturalistes, que Daudet connaît bien. Mais c'est aussi l'autre nom de ce « second moi » dont parle Daudet dans la première de ses *Notes sur la vie* :

(1) (2) (3) *Lettres de mon moulin.*
(4) J.-H. Bornecque : *Les Années d'apprentissage d'A. Daudet* (Nizet, p. 513).

« Oh! ce terrible second MOI que je n'ai jamais pu même
griser, ni faire pleurer, ni endormir. Et comme il y voit!
et comme il est moqueur. »

Cet œil « parisien », c'est l'ironie de Daudet, celle de
ces historiettes provençales qui ne peuvent être, pour cette
raison, que « couleur... demi-deuil ». « Paris » et « Provence » se répondent comme réalisme et rêve; et de même
qu'« il y a dix grandes villes dans Paris », de même il
existe « deux midis. Le midi bourgeois, le midi paysan.
L'un est comique, l'autre est splendide ». Ils sont insépa-
rables pourtant. Tel est l'un des secrets de « mon moulin » : « il y a, dit Daudet de lui-même, un singulier
mélange de fantaisie et de réalité chez cet écrivain. Quand
il fait un livre d'observation, une étude de mœurs bour-
geoises, il s'y trouve toujours un côté fantastique, poéti-
que. S'il fait, au contraire, une œuvre de pure fantaisie,
les étoiles elles-mêmes parleront comme des personnes
d'aujourd'hui. Toujours entre ciel et terre, sauterelle
d'Afrique » (1).

III. *« Le Secret de maître Cornille » : « La Légende de
l'homme à la cervelle d'or »*

Maître Cornille était un vieux meunier « rendu comme
fou » par l'installation des minoteries. Il ameuta du
monde, « criant de toutes ses forces qu'on voulait empoi-

(1) *Notes sur la vie.*

sonner la Provence avec la farine des minotiers »; il trouvait même « une foule de belles paroles à la louange des moulins à vent, mais personne ne les écoutait ». Aussi s'enferma-t-il chez lui, telle une « bête farouche ». Et il y eut désormais « dans la vie de maître Cornille quelque chose qui n'était pas clair. Depuis longtemps personne, au village, ne lui portait plus de blé, et pourtant les ailes de son moulin allaient toujours leur train comme devant... ». Des enfants découvrirent le secret : « la chambre de la meule était vide... pas un sac, pas un grain de blé; (...) et puis dans un coin trois ou quatre sacs d'où coulaient des gravats et de la terre blanche. C'était là le secret de maître Cornille! c'était ce plâtras qu'il promenait le soir par les routes pour sauver l'honneur du moulin et faire croire qu'on y faisait de la farine... »

Le blé était devenu « terre blanche », gravats; la richesse... pauvreté. Et le secret du moulin de Daudet? La langue est devenue... « jachère », terre inculte « où se mêleront, se noueront les racines des roseaux, des herbes et des broussailles, en un fouillis de plus en plus épais, qui émoussera la pioche des défricheurs, des philologues romans » (1).

Honneur du moulin : honneur de la langue. Il revient au poète, à l'écrivain, « meunier des lettres », dit Daudet, de s'éprendre des ruines de la langue et de les restaurer – ainsi fit Mistral – fût-ce pour subir le sort de « l'homme à la cervelle d'or » qui devait chaque jour

(1) Cité par J.-H. Bornecque, *op. cit.*, p. 447.

meurtrir sa cervelle « pour en extraire le divin mine-
rai » (1).

Tel est le sort, dit Daudet, des gens qui « sont condamnés à vivre avec leur cerveau, et paient en bel or fin, avec
leur moelle et leur substance, les moindres choses de la vie.
C'est pour eux une douleur de chaque jour; et puis, quand
ils sont las de souffrir... »

Sans doute est-ce avec ce conte qu'est atteint le point
de fusion entre réalisme et rêve : l'expression figurée
« l'homme à la cervelle d'or » comme l'on dit de quelqu'un que c'est « une vraie mine d'or » est prise A LA
LETTRE par Daudet (2). Il s'en tient, en somme, au réalisme de la langue, ce qui le projette dans le conte fantastique, dans le rêve. Prenez la langue à la lettre, et vous
serez dans le rêve; la leçon ne sera pas perdue.

Tels sont quelques-uns des secrets de « mon » moulin,
qui « gisait les membres rompus, inutile comme un poète.
D'étranges affinités existent de nous aux choses. Je l'aimais, ce déclassé, il m'était cher pour sa détresse, son chemin perdu sous les herbes et j'en ai gardé des impressions
délicieuses. Cet abri pittoresque pour mon travail de meunier des lettres, je l'avais trouvé chez des parents, des amis
qui laissaient finir de vieillesse, dans un coin de leur pro-
priété, ce moulin ne tournant plus, comme on laisse mourir au pâturage un vieux cheval aveugle et fourbu » (3).

D. F.

Août 1977.

(1) Dans la première version de *L'Homme à la cervelle d'or*.
(2) Voir J.-H. Bornecque, *op. cit.*, p. 263.
(3) Cité par J.-H. Bornecque, *op. cit.*, p. 432.

AVANT-PROPOS

Par-devant maître Honorat Grapazi, notaire à la résidence de Pampérigouste,

« A comparu

« Le sieur Gaspard Mitifio, époux de Vivette Cornille, ménager au lieudit des Cigalières et y demeurant :

« Lequel par ces présentes a vendu et transporté sous les garanties de droit et de fait, et en franchise de toutes dettes, privilèges et hypothèques,

« Au sieur Alphonse Daudet, poète, demeurant à Paris, à ce présent et ce acceptant,

« Un moulin à vent et à farine, sis dans la vallée du Rhône, au plein cœur de Provence, sur une côte boisée de pins et de chênes verts; étant ledit moulin abandonné depuis plus de vingt années et hors d'état de moudre, comme il appert des vignes sauvages, mousses, romarins, et autres verdures parasites qui lui grimpent jusqu'au bout des ailes ;

« Ce nonobstant, tel qu'il est et se comporte, avec sa grande roue cassée, sa plate-forme où l'herbe pousse dans les briques, déclare le sieur Daudet trouver ledit moulin à sa convenance et pouvant servir à ses travaux de poésie, l'accepte à ses risques et périls, et sans aucun recours contre le vendeur, pour cause de réparations qui pourraient y être faites.

« Cette vente a lieu en bloc moyennant le prix convenu, que le sieur Daudet, poète, a mis et déposé sur le bureau en espèces de cours, lequel prix a été de suite touché et retiré par le sieur Mitifio, le tout à la vue des notaires et des témoins soussignés, dont quittance sous réserve.

« Acte fait à Pampérigouste, en l'étude Honorat, en présence de Francet Mamaï, joueur de fifre, et de Louiset dit le Quique, porte-croix des pénitents blancs ;

« Qui ont signé avec les parties et le notaire après lecture... »

INSTALLATION

Ce sont les lapins qui ont été étonnés!... Depuis si long-temps qu'ils voyaient la porte du moulin fermée, les murs et la plate-forme envahis par les herbes, ils avaient fini par croire que la race des meuniers était éteinte, et, trou-vant la place bonne, ils en avaient fait quelque chose comme un quartier général, un centre d'opérations straté-giques : le moulin de Jemmapes des lapins... La nuit de mon arrivée, il y en avait bien, sans mentir, une vingtaine assis en rond sur la plate-forme, en train de se chauffer les pattes à un rayon de lune... Le temps d'entrouvrir une lucarne, frrt! voilà le bivouac en déroute, et tous ces petits derrières blancs qui détalent, la queue en l'air, dans le fourré. J'espère bien qu'ils reviendront.

Quelqu'un de très étonné aussi, en me voyant, c'est le locataire du premier, un vieux hibou sinistre, à tête de penseur, qui habite le moulin depuis plus de vingt ans. Je l'ai trouvé dans la chambre du haut, immobile et droit sur l'arbre de couche, au milieu des plâtras, des tuiles tombées. Il m'a regardé un moment avec son œil rond; puis, tout effaré de ne pas me reconnaître, il s'est mis à faire : « Hou! hou! » et à secouer péniblement ses ailes grises de poussière; – ces diables de penseurs! ça ne se brosse jamais... N'importe! tel qu'il est, avec ses yeux clignotants et sa mine renfrognée, ce locataire silencieux me plaît encore mieux qu'un autre, et je me suis empressé de lui renouveler son bail. Il garde comme dans le passé tout le haut du moulin avec une entrée par le toit; moi je me réserve la pièce du bas, une petite pièce blanchie à la chaux, basse et voûtée comme un réfectoire de couvent.

C'est de là que je vous écris, ma porte grande ouverte, au bon soleil.

Un joli bois de pins tout étincelant de lumière dégringole devant moi jusqu'au bas de la côte. A l'horizon, les Alpilles découpent leurs crêtes fines... Pas de bruit... A peine, de loin en loin, un son de fifre, un courlis dans les lavandes, un grelot de mules sur la route... Tout ce beau paysage provençal ne vit que par la lumière.

Et maintenant, comment voulez-vous que je le regrette, votre Paris bruyant et noir? Je suis si bien dans mon moulin! C'est si bien le coin que je cherchais, un petit coin parfumé et chaud, à mille lieues des journaux, des fiacres, du brouillard!... Et que de jolies choses autour de moi! Il y a à peine huit jours que je suis installé, j'ai déjà la tête bourrée d'impressions et de souvenirs... Tenez! pas plus tard qu'hier soir, j'ai assisté à la rentrée des troupeaux dans un *mas* (une ferme) qui est au bas de la côte, et je vous jure que je ne donnerais pas ce spectacle pour toutes les *premières* que vous avez eues à Paris cette semaine. Jugez plutôt.

Il faut vous dire qu'en Provence, c'est l'usage, quand viennent les chaleurs, d'envoyer le bétail dans les Alpes. Bêtes et gens passent cinq ou six mois là-haut, logés à la belle étoile, dans l'herbe jusqu'au ventre; puis, au premier frisson de l'automne on redescend au *mas,* et l'on revient brouter bourgeoisement les petites collines grises que parfume le romarin... Donc hier soir les troupeaux rentraient. Depuis le matin, le portail attendait, ouvert à deux battants; les bergeries étaient pleines de paille fraîche. D'heure en heure on se disait : « Maintenant ils sont à Eyguières, maintenant au Paradou. » Puis tout à coup, vers le soir, un grand cri : « Les voilà! » et là-bas, au lointain, nous voyons le troupeau s'avancer dans une gloire de poussière. Toute la route semble marcher avec lui... Les vieux béliers viennent d'abord, la corne en avant, l'air sauvage; derrière eux le gros des moutons, les mères un peu lasses, leurs nourrissons dans les pattes; – les mules à pompons rouges portant dans des paniers les agnelets d'un jour qu'elles bercent en marchant; puis les chiens tout suants, avec des langues jusqu'à terre, et deux grands coquins de bergers drapés dans des manteaux de cadis roux qui leur tombent sur les talons comme des chapes.

Tout cela défile devant nous joyeusement et s'engouffre sous le portail, en piétinant avec un bruit d'averse... Il faut voir quel émoi dans la maison. Du haut de leur perchoir, les gros paons vert et or, à crête de tulle, ont reconnu les arrivants et les accueillent par un formidable coup de trompette. Le poulailler, qui s'endormait, se réveille en sursaut. Tout le monde est sur pied : pigeons, canards, dindons, pintades. La basse-cour est comme folle; les poules parlent de passer la nuit!... On dirait que chaque mouton a rapporté dans sa laine, avec un parfum d'Alpe sauvage, un peu de cet air vif des montagnes qui grise et qui fait danser.

C'est au milieu de tout ce train que le troupeau gagne son gîte. Rien de charmant comme cette installation. Les vieux béliers s'attendrissent en revoyant leur crèche. Les agneaux, les tout petits, ceux qui sont nés dans le voyage et n'ont jamais vu la ferme, regardent autour d'eux avec étonnement.

Mais le plus touchant encore, ce sont les chiens, ces braves chiens de berger, tout affairés après leurs bêtes et ne voyant qu'elles dans le *mas*. Le chien de garde a beau les appeler du fond de sa niche; le seau du puits, tout plein d'eau fraîche, a beau leur faire signe : ils ne veulent rien voir, rien entendre, avant que le bétail soit rentré, le gros loquet poussé sur la petite porte à claire-voie, et les bergers attablés dans la salle basse. Alors seulement ils consentent à gagner le chenil, et là, tout en lapant leur écuellée de soupe, ils racontent à leurs camarades de la ferme ce qu'ils ont fait là-haut dans la montagne, un pays noir où il y a des loups et de grandes digitales de pourpre pleines de rosée jusqu'au bord.

LA DILIGENCE DE BEAUCAIRE

C'était le jour de mon arrivée ici. J'avais pris la diligence de Beaucaire, une bonne vieille patache qui n'a pas grand chemin à faire avant d'être rendue chez elle, mais qui flâne tout le long de la route, pour avoir l'air, le soir, d'arriver de très loin. Nous étions cinq sur l'impériale sans compter le conducteur.

D'abord un gardien de Camargue, petit homme trapu, poilu, sentant le fauve, avec de gros yeux pleins de sang et des anneaux d'argent aux oreilles; puis deux Beaucairois, un boulanger et son *gindre,* tous deux très rouges, très poussifs, mais des profils superbes, deux médailles romaines à l'effigie de Vitellius. Enfin, sur le devant, près du conducteur, un homme... non! une casquette, une énorme casquette en peau de lapin, qui ne disait pas grand-chose et regardait la route d'un air triste.

Tous ces gens-là se connaissaient entre eux et parlaient
tout haut de leurs affaires, très librement. Le Camarguais
racontait qu'il venait de Nîmes, mandé par le juge d'instruction pour un coup de fourche donné à un berger. On
a le sang vif en Camargue... Et à Beaucaire donc! Est-ce
que nos deux Beaucairois ne voulaient pas s'égorger à
propos de la Sainte Vierge? Il paraît que le boulanger
était d'une paroisse depuis longtemps vouée à la Madone,
celle que les Provençaux appellent la *bonne mère* et qui
porte le petit Jésus dans ses bras; le gindre, au contraire,
chantait au lutrin d'une église toute neuve qui s'était
consacrée à l'Immaculée Conception, cette belle image
souriante qu'on représente les bras pendants, les mains
pleines de rayons. La querelle venait de là. Il fallait voir
comme ces deux bons catholiques se traitaient, eux et leurs
Madones :

— Elle est jolie, ton immaculée!

— Va-t'en donc avec ta bonne mère!

— Elle en a vu de grises, la tienne, en Palestine!

— Et la tienne, hou! la laide! Qui sait ce qu'elle n'a
pas fait... Demande plutôt à saint Joseph.

Pour se croire sur le port de Naples, il ne manquait
plus que de voir luire les couteaux, et ma foi, je crois bien
que ce beau tournoi théologique se serait terminé par là
si le conducteur n'était pas intervenu.

— Laissez-nous donc tranquilles avec vos Madones,
dit-il en riant aux Beaucairois : tout ça c'est des histoires de femmes, les hommes ne doivent pas s'en
mêler.

Là-dessus, il fit claquer son fouet d'un petit air sceptique qui rangea tout le monde de son avis.

La discussion était finie; mais le boulanger, mis en train, avait besoin de dépenser le restant de sa verve, et, se tournant vers la malheureuse casquette, silencieuse et triste dans son coin, il lui dit d'un air goguenard :

— Et ta femme, à toi, rémouleur?... Pour quelle paroisse tient-elle?

Il faut croire qu'il y avait dans cette phrase une intention très comique, car l'impériale tout entière partit d'un gros éclat de rire... Le rémouleur ne riait pas, lui. Il n'avait pas l'air d'entendre. Voyant cela, le boulanger se tourna de mon côté :

— Vous ne la connaissez pas sa femme, monsieur? une drôle de paroissienne, allez! Il n'y en a pas deux comme elle dans Beaucaire.

Les rires redoublèrent. Le rémouleur ne bougea pas; il se contenta de dire tout bas, sans lever la tête :

— Tais-toi, boulanger.

Mais ce diable de boulanger n'avait pas envie de se taire, et il reprit de plus belle :

— Viédase! Le camarade n'est pas à plaindre d'avoir une femme comme celle-là... Pas moyen de s'ennuyer un moment avec elle... Pensez donc! une belle qui se fait enlever tous les six mois, elle a toujours quelque chose à vous raconter quand elle revient... C'est égal, c'est un drôle de petit ménage... Figurez-vous, monsieur, qu'ils n'étaient pas mariés depuis un an, paf! voilà la femme qui part en Espagne avec un marchand de chocolat.

« Le mari reste seul chez lui à pleurer et à boire... Il était comme fou. Au bout de quelque temps, la belle est revenue dans le pays, habillée en Espagnole, avec un petit tambour à grelots. Nous lui disions tous :

« – Cache-toi; il va te tuer.

« Ah! ben oui; la tuer... Ils se sont remis ensemble bien tranquillement, et elle lui a appris à jouer du tambour de basque.

Il y eut une nouvelle explosion de rires. Dans son coin, sans lever la tête, le rémouleur murmura encore :

– Tais-toi, boulanger.

Le boulanger n'y prit pas garde et continua :

– Vous croyez peut-être, monsieur, qu'après son retour d'Espagne la belle s'est tenue tranquille! Ah... mais non!... Son mari avait si bien pris la chose! Ça lui a donné envie de recommencer... Après l'Espagnol, ç'a été un officier, puis un marinier du Rhône, puis un musicien, puis un... Est-ce que je sais?... Ce qu'il y a de bon, c'est que chaque fois c'est la même comédie. La femme part, le mari pleure; elle revient, il se console. Et toujours on la lui enlève, et toujours il la reprend... Croyez-vous qu'il a de la patience, ce mari-là! Il faut dire aussi qu'elle est crânement jolie, la petite rémouleuse... un vrai morceau de cardinal : vive, mignonne, bien roulée; avec ça, une peau blanche et des yeux couleur de noisette qui regardent toujours les hommes en riant... Ma foi! mon Parisien, si vous repassez jamais par Beaucaire.

– Oh! tais-toi, boulanger, je t'en prie..., fit encore une fois le pauvre rémouleur avec une expression de voix déchirante.

A ce moment, la diligence s'arrêta. Nous étions au *mas* des Anglores. C'est là que les deux Beaucairois descendaient, et je vous jure que je ne les retins pas... Farceur de boulanger! Il était dans la cour du *mas* qu'on l'entendait rire encore.

Ces gens-là partis, l'impériale sembla vide. On avait laissé le Camarguais à Arles; le conducteur marchait sur la route à côté de ses chevaux... Nous étions seuls là-haut, le rémouleur et moi chacun dans notre coin, sans parler. Il faisait chaud; le cuir de la capote brûlait. Par moments, je sentais mes yeux se fermer et ma tête devenir lourde; mais impossible de dormir. J'avais toujours dans les oreilles ce « Tais-toi, je t'en prie », si navrant et si doux... Ni lui non plus, le pauvre homme! il ne dormait pas. De derrière, je voyais ses grosses épaules frissonner; et sa main – une longue main blafarde et bête – trembler sur le dos de la banquette, comme une main de vieux. Il pleurait...

– Vous voilà chez vous, Parisien! me cria tout à coup le conducteur; et du bout de son fouet il me montrait ma colline verte avec le moulin piqué dessus comme un gros papillon.

Je m'empressai de descendre... En passant près du rémouleur, j'essayai de regarder sous sa casquette; j'aurais voulu le voir avant de partir. Comme s'il avait compris ma pensée, le malheureux leva brusquement la tête, et, plantant son regard dans le mien :

– Regardez-moi bien, l'ami, me dit-il d'une voix sourde, et si un de ces jours vous apprenez qu'il y a eu un malheur à Beaucaire, vous pourrez dire que vous connaissez celui qui a fait le coup.

C'était une figure éteinte et triste, avec de petits yeux fanés. Il y avait des larmes dans ces yeux, mais dans cette voix il y avait de la haine. La haine, c'est la colère des faibles!... Si j'étais la rémouleuse, je me méfierais.

LE SECRET DE MAITRE CORNILLE

Francet Mamaï, un vieux joueur de fifre, qui vient de temps en temps faire la veillée chez moi, en buvant du vin cuit, m'a raconté l'autre soir un petit drame de village dont mon moulin a été témoin il y a quelque vingt ans. Le récit du bonhomme m'a touché, et je vais essayer de vous le redire tel que je l'ai entendu.

Imaginez-vous pour un moment, chers lecteurs, que vous êtes assis devant un pot de vin tout parfumé, et que c'est un vieux joueur de fifre qui vous parle.

Notre pays, mon bon monsieur, n'a pas toujours été un endroit mort et sans renom, comme il est aujourd'hui. Autre temps, il s'y faisait un grand commerce de meunerie, et, dix lieues à la ronde, les gens des *mas* nous apportaient leur blé à moudre... Tout autour du village, les col-

lines étaient couvertes de moulins à vent. De droite et de
gauche on ne voyait que des ailes qui viraient au mistral
par-dessus les pins, des ribambelles de petits ânes chargés
de sacs, montant et dévalant le long des chemins; et toute
la semaine c'était plaisir d'entendre sur la hauteur le bruit
des fouets, le craquement de la toile et le *Dia hue!* des
aides-meuniers... Le dimanche nous allions aux moulins,
par bandes. Là-haut, les meuniers payaient le muscat. Les
meunières étaient belles comme des reines, avec leurs
fichus de dentelles et leurs croix d'or. Moi, j'apportais
mon fifre, et jusqu'à la noire nuit on dansait des farandoles. Ces moulins-là, voyez-vous, faisaient la joie et la
richesse de notre pays.

Malheureusement, des Français de Paris eurent l'idée
d'établir une minoterie à vapeur, sur la route de Tarascon.
Tout beau, tout nouveau! Les gens prirent l'habitude
d'envoyer leurs blés aux minotiers, et les pauvres moulins
à vent restèrent sans ouvrage. Pendant quelque temps ils
essayèrent de lutter, mais la vapeur fut la plus forte, et
l'un après l'autre, *pécaïre!* ils furent tous obligés de fermer... On ne vit plus venir les petits ânes... Les belles
meunières vendirent leurs croix d'or... Plus de muscat!
plus de farandole!... Le mistral avait beau souffler, les
ailes restaient immobiles... Puis, un beau jour, la commune
fit jeter toutes ces masures à bas, et l'on sema à leur place
de la vigne et des oliviers.

Pourtant, au milieu de la débâcle, un moulin avait tenu
bon et continuait de virer courageusement sur sa butte,
à la barbe des minotiers. C'était le moulin de maître Cor-

nille, celui-là même où nous sommes en train de faire la veillée en ce moment.

Maître Cornille était un vieux meunier, vivant depuis soixante ans dans la farine et enragé pour son état. L'installation des minoteries l'avait rendu comme fou. Pendant huit jours, on le vit courir par le village, ameutant le monde autour de lui et criant de toutes ses forces qu'on voulait empoisonner la Provence avec la farine des minotiers. « N'allez pas là-bas, disait-il; ces brigands-là, pour faire le pain, se servent de la vapeur, qui est une invention du diable, tandis que moi je travaille avec le mistral et la tramontane, qui sont la respiration du bon Dieu... » Et il trouvait comme cela une foule de belles paroles à la louange des moulins à vent, mais personne ne les écoutait.

Alors, de male rage, le vieux s'enferma dans son moulin et vécut tout seul comme une bête farouche. Il ne voulut pas même garder près de lui sa petite-fille Vivette, une enfant de quinze ans, qui, depuis la mort de ses parents, n'avait plus que son *grand* au monde. La pauvre petite fut obligée de gagner sa vie et de se louer un peu partout dans les *mas,* pour la moisson, les magnans ou les olivades. Et pourtant son grand-père avait l'air de bien l'aimer, cette enfant-là. Il lui arrivait souvent de faire ses quatre lieues à pied par le grand soleil pour aller la voir au *mas* où elle travaillait, et quand il était près d'elle, il passait des heures entières à la regarder en pleurant...

Dans le pays on pensait que le vieux meunier, en renvoyant Vivette, avait agi par avarice; et cela ne lui faisait pas honneur de laisser sa petite-fille ainsi traîner d'une ferme à l'autre, exposée aux brutalités des *baïles* et à toutes les misères des jeunesses en condition. On trouvait très mal aussi qu'un homme du renom de maître Cornille, et qui, jusque-là, s'était respecté, s'en allât maintenant par les rues comme un vrai bohémien, pieds nus, le bonnet troué, la taillole en lambeaux... Le fait est que le dimanche, lorsque nous le voyions entrer à la messe, nous avions honte pour lui, nous autres les vieux; et Cornille le sentait si bien qu'il n'osait plus venir s'asseoir sur le banc d'œuvre. Toujours il restait au fond de l'église, près du bénitier, avec les pauvres.

Dans la vie de maître Cornille il y avait quelque chose qui n'était pas clair. Depuis longtemps personne, au village, ne lui portait plus de blé, et pourtant les ailes de son moulin allaient toujours leur train comme devant... Le soir, on rencontrait par les chemins le vieux meunier poussant devant lui son âne chargé de gros sacs de farine.

— Bonnes vêpres, maître Cornille! lui criaient les paysans; ça va donc toujours, la meunerie.

— Toujours, mes enfants, répondait le vieux d'un air gaillard. Dieu merci, ce n'est pas l'ouvrage qui nous manque.

Alors, si on lui demandait d'où diable pouvait venir tant d'ouvrage, il se mettait un doigt sur les lèvres et répondait gravement : « *Motus!* je travaille pour l'exportation... » Jamais on n'en put tirer davantage.

Quant à mettre le nez dans son moulin, il n'y fallait pas songer. La petite Vivette elle-même n'y entrait pas...

Lorsqu'on passait devant, on voyait la porte toujours fermée, les grosses ailes toujours en mouvement, le vieil âne broutant le gazon de la plate-forme, et un grand chat maigre qui prenait le soleil sur le rebord de la fenêtre et vous regardait d'un air méchant.

Tout cela sentait le mystère et faisait beaucoup jaser le monde. Chacun expliquait à sa façon le secret de maître Cornille, mais le bruit général était qu'il y avait dans ce moulin-là encore plus de sacs d'écus que de sacs de farine.

A la longue pourtant tout se découvrit; voici comment :

En faisant danser la jeunesse avec mon fifre, je m'aperçus un beau jour que l'aîné de mes garçons et la petite Vivette s'étaient rendus amoureux l'un de l'autre. Au fond je n'en fus pas fâché, parce qu'après tout le nom de Cornille était en honneur chez nous, et puis ce joli petit passereau de Vivette m'aurait fait plaisir à voir trotter dans ma maison. Seulement, comme nos amoureux avaient souvent occasion d'être ensemble, je voulus, de peur d'accidents, régler l'affaire tout de suite, et je montai jusqu'au moulin pour en toucher deux mots au grand-père... Ah! le vieux sorcier! il faut voir de quelle manière il me reçut! Impossible de lui faire ouvrir sa porte. Je lui expliquai mes raisons tant bien que mal, à travers le trou de la serrure; et tout le temps que je parlais, il y avait

ce coquin de chat maigre qui soufflait comme un diable
au-dessus de ma tête.

Le vieux ne me donna pas le temps de finir, et me cria
fort malhonnêtement de retourner à ma flûte; que, si
j'étais pressé de marier mon garçon, je pouvais bien aller
chercher des filles à la minoterie... Pensez que le sang me
montait d'entendre ces mauvaises paroles; mais j'eus tout
de même assez de sagesse pour me contenir, et, laissant
ce vieux fou à sa meule, je revins annoncer aux enfants
ma déconvenue... Ces pauvres agneaux ne pouvaient pas
y croire; ils me demandèrent comme une grâce de monter
tous deux ensemble au moulin, pour parler au grand-
père... Je n'eus pas le courage de refuser, et prrrt! voilà
mes amoureux partis.

Tout juste comme ils arrivaient là-haut, maître Cornille
venait de sortir. La porte était fermée à double tour; mais
le vieux bonhomme, en partant, avait laissé son échelle
dehors, et tout de suite l'idée vint aux enfants d'entrer
par la fenêtre, voir un peu ce qu'il y avait dans ce fameux
moulin...

Chose singulière! la chambre de la meule était vide...
Pas un sac, pas un grain de blé; pas la moindre farine
aux murs ni sur les toiles d'araignée... On ne sentait pas
même cette bonne odeur chaude de froment écrasé
qui embaume dans les moulins... L'arbre de couche était
couvert de poussière, et le grand chat maigre dormait
dessus.

La pièce du bas avait le même air de misère et
d'abandon : – un mauvais lit, quelques guenilles, un mor-

ceau de pain sur une marche d'escalier, et puis dans un coin trois ou quatre sacs crevés d'où coulaient des gravats et de la terre blanche.

C'était là le secret de maître Cornille! C'était ce plâtras qu'il promenait le soir par les routes, pour sauver l'honneur du moulin et faire croire qu'on y faisait de la farine... Pauvre moulin! Pauvre Cornille! Depuis longtemps les minotiers leur avaient enlevé leur dernière pratique. Les ailes viraient toujours, mais la meule tournait à vide.

Les enfants revinrent tout en larmes, me conter ce qu'ils avaient vu. J'eus le cœur crevé de les entendre... Sans perdre une minute, je courus chez les voisins, je leur dis la chose en deux mots, et nous convînmes qu'il fallait, sur l'heure, porter au moulin Cornille tout ce qu'il y avait de froment dans les maisons... Sitôt dit, sitôt fait. Tout le village se met en route, et nous arrivons là-haut avec une procession d'ânes chargés de blé – du vrai blé, celui-là!

Le moulin était grand ouvert... Devant la porte, maître Cornille, assis sur un sac de plâtre, pleurait, la tête dans ses mains. Il venait de s'apercevoir, en rentrant, que pendant son absence on avait pénétré chez lui et surpris son triste secret.

– Pauvre de moi! disait-il. Maintenant, je n'ai plus qu'à mourir... Le moulin est déshonoré.

Et il sanglotait à fendre l'âme, appelant son moulin par toutes sortes de noms, lui parlant comme à une personne véritable.

A ce moment, les ânes arrivent sur la plate-forme, et nous nous mettons tous à crier bien fort comme au beau temps des meuniers :

– Ohé! du moulin!... Ohé! maître Cornille!

Et voilà les sacs qui s'entassent devant la porte et le beau grain roux qui se répand par terre, de tous côtés...

Maître Cornille ouvrait de grands yeux. Il avait pris du blé dans le creux de sa vieille main et il disait, riant et pleurant à la fois :

– C'est du blé!... Seigneur Dieu!... Du bon blé!... Laissez-moi, que je le regarde.

Puis, se tournant vers nous :

– Ah! je savais bien que vous me reviendriez... Tous ces minotiers sont des voleurs.

Nous voulions l'emporter en triomphe au village :

– Non, non, mes enfants; il faut avant tout que j'aille donner à manger à mon moulin... Pensez donc! il y a si longtemps qu'il ne s'est rien mis sous la dent!

Et nous avions tous des larmes dans les yeux de voir le pauvre vieux se démener de droite et de gauche, éventrant les sacs, surveillant la meule tandis que le grain s'écrasait et que la fine poussière de froment s'envolait au plafond.

C'est une justice à nous rendre : à partir de ce jour-là, jamais nous ne laissâmes le vieux meunier manquer d'ouvrage. Puis, un matin, maître Cornille mourut, et les ailes de notre dernier moulin cessèrent de virer, pour toujours cette fois... Cornille mort, personne ne prit sa suite. Que voulez-vous, monsieur!... tout a une fin en ce monde, et il faut croire que le temps des moulins à vent était passé comme celui des coches sur le Rhône, des parlements et des jaquettes à grandes fleurs.

LA CHÈVRE DE M. SEGUIN

A. M. Pierre Gringoire, poète lyrique à Paris

Tu seras bien toujours le même, mon pauvre Gringoire!

Comment! on t'offre une place de chroniqueur dans un bon journal de Paris, et tu as l'aplomb de refuser... Mais regarde-toi, malheureux garçon! Regarde ce pourpoint troué, ces chausses en déroute, cette face maigre qui crie la faim. Voilà pourtant où t'a conduit la passion des belles rimes! Voilà ce que t'ont valu dix ans de loyaux services dans les pages du sire Apollo... Est-ce que tu n'as pas honte, à la fin?

Fais-toi donc chroniqueur, imbécile! fais-toi chroniqueur! Tu gagneras de beaux écus à la rose, tu auras ton couvert chez Brébant, et tu pourras te montrer les jours de première avec une plume neuve à ta barrette.

Non? Tu ne veux pas?... Tu prétends rester libre à ta guise jusqu'au bout... Eh bien, écoute un peu l'histoire de *la chèvre de M. Seguin.* Tu verras ce que l'on gagne à vouloir vivre libre.

M. Seguin n'avait jamais eu de bonheur avec ses chèvres.

Il les perdait toutes de la même façon : un beau matin, elles cassaient leur corde, s'en allaient dans la montagne, et là-haut le loup les mangeait. Ni les caresses de leur maître, ni la peur du loup, rien ne les retenait. C'était, paraît-il, des chèvres indépendantes, voulant à tout prix le grand air et la liberté.

Le brave M. Seguin, qui ne comprenait rien au caractère de ses bêtes, était consterné. Il disait :

– C'est fini; les chèvres s'ennuient chez moi, je n'en garderai pas une.

Cependant il ne se découragea pas, et, après avoir perdu six chèvres de la même manière, il en acheta une septième; seulement, cette fois, il eut soin de la prendre toute jeune, pour qu'elle s'habituât mieux à demeurer chez lui.

Ah! Gringoire, qu'elle était jolie la petite chèvre de M. Seguin! qu'elle était jolie avec ses yeux doux, sa barbiche de sous-officier, ses sabots noirs et luisants, ses cornes zébrées et ses longs poils blancs qui lui faisaient une houppelande! C'était presque aussi charmant que le cabri d'Esméralda, tu te rappelles, Gringoire? – et puis, docile, caressante, se laissant traire sans bouger, sans mettre son pied dans l'écuelle. Un amour de petite chèvre...

M. Seguin avait derrière sa maison un clos entouré d'aubépines. C'est là qu'il mit sa nouvelle pensionnaire. Il l'attacha à un pieu, au plus bel endroit du pré, en ayant soin de lui laisser beaucoup de corde, et de temps en temps il venait voir si elle était bien. La chèvre se trouvait très heureuse et broutait l'herbe de si bon cœur que M. Seguin était ravi.

– Enfin, pensait le pauvre homme, en voilà une qui ne s'ennuiera pas chez moi!

M. Seguin se trompait, sa chèvre s'ennuya.

Un jour, elle se dit en regardant la montagne :

– Comme on doit être bien là-haut! Quel plaisir de gambader dans la bruyère, sans cette maudite longe qui vous écorche le cou!... C'est bon pour l'âne ou pour le bœuf de brouter dans un clos!... Les chèvres, il leur faut du large.

A partir de ce moment, l'herbe du clos lui parut fade. L'ennui lui vint. Elle maigrit, son lait se fit rare. C'était pitié de la voir tirer tout le jour sur sa longe, la tête tournée du côté de la montagne, la narine ouverte, en faisant *Mê!...* tristement.

M. Seguin s'apercevait bien que sa chèvre avait quelque chose, mais il ne savait pas ce que c'était... Un matin, comme il achevait de la traire, la chèvre se retourna et lui dit dans son patois :

– Écoutez, monsieur Seguin, je me languis chez vous, laissez-moi aller dans la montagne.

– Ah! mon Dieu!... Elle aussi! cria M. Seguin stupéfait, et du coup il laissa tomber son écuelle; puis, s'asseyant dans l'herbe à côté de sa chèvre :

– Comment, Blanquette, tu veux me quitter!

Et Blanquette répondit :

– Oui, monsieur Seguin.

– Est-ce que l'herbe te manque ici?

– Oh! non! monsieur Seguin.

– Tu es peut-être attachée de trop court; veux-tu que j'allonge la corde?

– Ce n'est pas la peine, monsieur Seguin.

– Alors, qu'est-ce qu'il te faut? qu'est-ce que tu veux?

– Je veux aller dans la montagne, monsieur Seguin.

– Mais, malheureuse, tu ne sais pas qu'il y a le loup dans la montagne... Que feras-tu quand il viendra?...

– Je lui donnerai des coups de corne, monsieur Seguin.

– Le loup se moque bien de tes cornes. Il m'a mangé des biques autrement encornées que toi... Tu sais bien, la pauvre vieille Renaude qui était ici l'an dernier? une maîtresse chèvre, forte et méchante comme un bouc. Elle s'est battue avec le loup toute la nuit... puis, le matin, le loup l'a mangée.

– Pécaïre! Pauvre Renaude!... Ça ne fait rien, monsieur Seguin, laissez-moi aller dans la montagne.

– Bonté divine!... dit M. Seguin; mais qu'est-ce qu'on leur fait donc à mes chèvres? Encore une que le loup va me manger... Eh bien, non... je te sauverai malgré toi, coquine! et de peur que tu ne rompes ta corde, je vais t'enfermer dans l'étable, et tu y resteras toujours.

Là-dessus, M. Seguin emporta la chèvre dans une étable toute noire, dont il ferma la porte à double tour. Malheureusement, il avait oublié la fenêtre, et à peine eut-il le dos tourné, que la petite s'en alla...

Tu ris, Gringoire? Parbleu! je crois bien; tu es du parti des chèvres, toi, contre ce bon M. Seguin... Nous allons voir si tu riras tout à l'heure.

Quand la chèvre blanche arriva dans la montagne, ce fut un ravissement général. Jamais les vieux sapins n'avaient rien vu d'aussi joli. On la reçut comme une petite reine. Les châtaigniers se baissaient jusqu'à terre pour la caresser du bout de leurs branches. Les genêts d'or s'ouvraient sur son passage, et sentaient bon tant qu'ils pouvaient. Toute la montagne lui fit fête.

Tu penses, Gringoire, si notre chèvre était heureuse! Plus de corde, plus de pieu... rien qui l'empêchât de gambader, de brouter à sa guise... C'est là qu'il y en avait de l'herbe! jusque par-dessus les cornes, mon cher!... Et quelle herbe! Savoureuse, fine, dentelée, faite de mille plantes... C'était bien autre chose que le gazon du clos. Et les fleurs donc!... De grandes campanules bleues, des digitales de pourpre à longs calices, toute une forêt de fleurs sauvages débordant de sucs capiteux!...

La chèvre blanche, à moitié soûle, se vautrait là-dedans les jambes en l'air et roulait le long des talus, pêle-mêle avec les feuilles tombées et les châtaignes... Puis, tout à coup elle se redressait d'un bond sur ses pattes. Hop! la voilà partie, la tête en avant, à travers les maquis et les buissières, tantôt sur un pic, tantôt au fond d'un ravin, là-haut, en bas, partout... On aurait dit qu'il y avait dix chèvres de M. Seguin dans la montagne.

C'est qu'elle n'avait peur de rien la Blanquette.

Elle franchissait d'un saut de grands torrents qui l'éclaboussaient au passage de poussière humide et d'écume. Alors, toute ruisselante, elle allait s'étendre sur quelque roche plate et se faisait sécher par le soleil... Une fois, s'avançant au bord d'un plateau, une fleur de cytise aux dents, elle aperçut en bas, tout en bas dans la plaine, la maison de M. Seguin avec le clos derrière. Cela la fit rire aux larmes.

– Que c'est petit! dit-elle; comment ai-je pu tenir là-dedans?

Pauvrette! de se voir si haut perchée, elle se croyait au moins aussi grande que le monde...

En somme, ce fut une bonne journée pour la chèvre de M. Seguin. Vers le milieu du jour, en courant de droite et de gauche, elle tomba dans une troupe de chamois en train de croquer une lambrusque à belles dents. Notre petite coureuse en robe blanche fit sensation. On lui donna la meilleure place à la lambrusque, et tous ces messieurs furent très galants... Il paraît même – ceci doit rester entre nous, Gringoire – qu'un jeune chamois à pelage noir eut la bonne fortune de plaire à Blanquette. Les deux amoureux s'égarèrent parmi le bois une heure ou deux, et si tu veux savoir ce qu'ils se dirent, va le demander aux sources bavardes qui courent invisibles dans la mousse.

Tout à coup le vent fraîchit. La montagne devint violette; c'était le soir...

— Déjà! dit la petite chèvre; et elle s'arrêta fort étonnée.

En bas, les champs étaient noyés de brume. Le clos de M. Seguin disparaissait dans le brouillard, et de la maisonnette on ne voyait plus que le toit avec un peu de fumée. Elle écouta les clochettes d'un troupeau qu'on ramenait, et se sentit l'âme toute triste... Un gerfaut, qui rentrait, la frôla de ses ailes en passant. Elle tressaillit... puis ce fut un hurlement dans la montagne :

— Hou! hou!

Elle pensa au loup; de tout le jour la folle n'y avait pas pensé... Au même moment une trompe sonna bien loin dans la vallée. C'était ce bon M. Seguin qui tentait un dernier effort.

— Hou! hou!... faisait le loup.

— Reviens! reviens!... criait la trompe.

Blanquette eut envie de revenir; mais en se rappelant le pieu, la corde, la haie du clos, elle pensa que maintenant elle ne pouvait plus se faire à cette vie, et qu'il valait mieux rester.

La trompe ne sonnait plus...

La chèvre entendit derrière elle un bruit de feuilles. Elle se retourna et vit dans l'ombre deux oreilles courtes, toutes droites, avec deux yeux qui reluisaient... C'était le loup.

Énorme, immobile, assis sur son train de derrière, il était là regardant la petite chèvre blanche et la dégustant par avance. Comme il savait bien qu'il la mangerait, le loup ne se pressait pas; seulement, quand elle se retourna, il se mit à rire méchamment.

– Ha! ha! la petite chèvre de M. Seguin! et il passa sa grosse langue rouge sur ses babines d'amadou.

Blanquette se sentit perdue... Un moment en se rappelant l'histoire de la vieille Renaude, qui s'était battue toute la nuit pour être mangée le matin, elle se dit qu'il vaudrait peut-être mieux se laisser manger tout de suite; puis, s'étant ravisée, elle tomba en garde, la tête basse et la corne en avant, comme une brave chèvre de M. Seguin qu'elle était... Non pas qu'elle eût l'espoir de tuer le loup – les chèvres ne tuent pas le loup – mais seulement pour voir si elle pourrait tenir aussi longtemps que la Renaude...

Alors le monstre s'avança, et les petites cornes entrèrent en danse.

Ah! la brave chevrette, comme elle y allait de bon cœur! Plus de dix fois, je ne mens pas, Gringoire, elle força le loup à reculer pour reprendre haleine. Pendant ces trêves d'une minute, la gourmande cueillait en hâte encore un brin de sa chère herbe; puis elle retournait au combat, la bouche pleine... Cela dura toute la nuit. De temps en temps la chèvre de M. Seguin regardait les étoiles danser dans le ciel clair, et elle se disait :

— Oh! pourvu que je tienne jusqu'à l'aube...

L'une après l'autre, les étoiles s'éteignirent. Blanquette redoubla de coups de cornes, le loup de coups de dents... Une lueur pâle parut dans l'horizon... Le chant d'un coq enroué monta d'une métairie.

— Enfin! dit la pauvre bête, qui n'attendait plus que le jour pour mourir; et elle s'allongea par terre dans sa belle fourrure blanche tachée de sang...

Alors le loup se jeta sur la petite chèvre et la mangea.

Adieu, Gringoire!

L'histoire que tu as entendue n'est pas un conte de mon invention. Si jamais tu viens en Provence, nos ménagers te parleront souvent de la *cabro de moussu Seguin, que se battégue touto la neui emé lou loup, e piei lou matin lou loup la mangé* (1).

Tu m'entends bien, Gringoire :

E piei lou matin lou loup la mangé

(1) La chèvre de monsieur Seguin, qui se battit toute la nuit avec le loup, et puis, le matin, le loup la mangea.

LES ÉTOILES

RÉCIT D'UN BERGER PROVENÇAL

Du temps que je gardais les bêtes sur le Luberon, je restais des semaines entières sans voir âme qui vive, seul dans le pâturage avec mon chien Labri et mes ouailles. De temps en temps, l'ermite du Mont-de-l'Ure passait par là pour chercher des simples ou bien j'apercevais la face noire de quelque charbonnier du Piémont; mais c'étaient des gens naïfs, silencieux à force de solitude, ayant perdu le goût de parler et ne sachant rien de ce qui se disait en bas dans les villages et les villes. Aussi, tous les quinze jours, lorsque j'entendais, sur le chemin qui monte, les sonnailles du mulet de notre ferme m'apportant les provisions de quinzaine, et que je voyais apparaître peu à peu, au-dessus de la côte, la tête éveillée du petit *miarro* (garçon de ferme), ou la coiffe rousse de la vieille tante Norade, j'étais vraiment bien heureux. Je me faisais raconter les nouvelles du pays d'en bas, les baptêmes, les mariages; mais ce qui m'intéressait surtout, c'était de savoir ce que devenait la fille de mes maîtres, notre demoiselle Stéphanette, la plus jolie qu'il y eût à dix lieues à la ronde. Sans avoir l'air d'y prendre trop d'intérêt, je m'informais si elle allait beaucoup aux fêtes, aux veillées, s'il lui venait toujours de nouveaux galants; et à ceux qui me demanderont ce que ces choses-là pouvaient me faire, à moi pauvre berger de la montagne, je répondrai que j'avais vingt ans et que cette Stéphanette était ce que j'avais vu de plus beau dans ma vie.

Or, un dimanche que j'attendais les vivres de quinzaine, il se trouva qu'ils n'arrivèrent que très tard. Le matin je me disais : « C'est la faute de la grand-messe »; puis, vers midi, il vint un gros orage, et je pensai que la mule n'avait pas pu se mettre en route à cause du mauvais état des chemins. Enfin, sur les trois heures, le ciel étant lavé, la montagne luisante d'eau et de soleil, j'entendis parmi l'égouttement des feuilles et le débordement des ruisseaux gonflés les sonnailles de la mule, aussi gaies, aussi alertes qu'un grand carillon de cloches un jour de Pâques. Mais ce n'était pas le petit *miarro*, ni la vieille Norade qui la conduisait. C'était... devinez qui!... notre demoiselle, mes enfants! notre demoiselle en personne, assise droite entre les sacs d'osier, toute rose de l'air des montagnes et du rafraîchissement de l'orage.

Le petit était malade, tante Norade en vacances chez

ses enfants. La belle Stéphanette m'apprit tout ça, en descendant de sa mule, et aussi qu'elle arrivait tard parce qu'elle s'était perdue en route; mais à la voir si bien endimanchée, avec son ruban à fleurs, sa jupe brillante et ses dentelles, elle avait plutôt l'air de s'être attardée à quelque danse que d'avoir cherché son chemin dans les buissons. O la mignonne créature! Mes yeux ne pouvaient se lasser de la regarder. Il est vrai que je ne l'avais jamais vue de si près. Quelquefois l'hiver, quand les troupeaux étaient descendus dans la plaine et que je rentrais le soir à la ferme pour souper, elle traversait la salle vivement, sans guère parler aux serviteurs, toujours parée et un peu fière... Et maintenant je l'avais là devant moi, rien que pour moi; n'était-ce pas à en perdre la tête?

Quand elle eut tiré les provisions du panier, Stéphanette se mit à regarder curieusement autour d'elle. Relevant un peu sa belle jupe du dimanche qui aurait pu s'abîmer, elle entra dans le *parc,* voulut voir le coin où je couchais, la crèche de paille avec la peau de mouton, ma grande cape accrochée au mur, ma crosse, mon fusil à pierre. Tout cela l'amusait.

– Alors c'est ici que tu vis, mon pauvre berger? Comme tu dois t'ennuyer d'être toujours seul! Qu'est-ce que tu fais? A quoi penses-tu?...

J'avais envie de répondre : « A vous, maîtresse », et je n'aurais pas menti; mais mon trouble était si grand que je ne pouvais pas seulement trouver une parole. Je crois bien qu'elle s'en apercevait, et que la méchante prenait plaisir à redoubler mon embarras avec ses malices :

– Et ta bonne amie, berger, est-ce qu'elle monte te voir quelquefois?... Ça doit être bien sûr la chèvre d'or, ou cette fée Estérelle qui ne court qu'à la pointe des montagnes...

Et elle-même, en me parlant, avait bien l'air de la fée Estérelle, avec le joli rire de sa tête renversée et sa hâte de s'en aller qui faisait de sa visite une apparition.

– Adieu, berger.

– Salut, maîtresse.

Et la voilà partie, emportant ses corbeilles vides.

Lorsqu'elle disparut dans le sentier en pente, il me semblait que les cailloux, roulant sous les sabots de la mule, me tombaient un à un sur le cœur. Je les entendis longtemps, longtemps; et jusqu'à la fin du jour je restai comme ensommeillé, n'osant bouger, de peur de faire en aller mon rêve. Vers le soir, comme le fond des vallées commençait à devenir bleu et que les bêtes se serraient en bêlant l'une contre l'autre pour rentrer au *parc,* j'entendis qu'on m'appelait dans la descente, et je vis paraître notre demoiselle, non plus rieuse ainsi que tout à l'heure, mais tremblante de froid, de peur, de mouillure. Il paraît qu'au bas de la côte elle avait trouvé la Sorgue grossie par la pluie d'orage, et qu'en voulant passer à toute force elle avait risqué de se noyer. Le terrible, c'est qu'à cette heure de nuit il ne fallait plus songer à retourner à la ferme; car le chemin par la traverse, notre demoiselle n'aurait jamais su s'y retrouver toute seule, et moi je ne pouvais pas quitter le troupeau. Cette idée de passer la nuit sur la montagne la tourmentait beaucoup, surtout à cause de l'inquiétude des siens. Moi, je la rassurais de mon mieux :

– En juillet, les nuits sont courtes, maîtresse... Ce n'est qu'un mauvais moment.

Et j'allumai vite un grand feu pour sécher ses pieds et sa robe toute trempée de l'eau de la Sorgue. Ensuite j'apportai devant elle du lait, des fromageons ; mais la pauvre petite ne songeait ni à se chauffer, ni à manger, et de voir les grosses larmes qui montaient dans ses yeux, j'avais envie de pleurer, moi aussi.

Cependant la nuit était venue tout à fait. Il ne restait plus sur la crête des montagnes qu'une poussière de soleil, une vapeur de lumière du côté du couchant. Je voulus que notre demoiselle entrât se reposer dans le *parc*. Ayant étendu sur la paille fraîche une belle peau toute neuve, je lui souhaitai la bonne nuit, et j'allai m'asseoir dehors devant la porte... Dieu m'est témoin que, malgré le feu d'amour qui me brûlait le sang, aucune mauvaise pensée ne me vint ; rien qu'une grande fierté de songer que dans un coin du *parc*, tout près du troupeau curieux qui la regardait dormir, la fille de mes maîtres – comme une brebis plus précieuse et plus blanche que toutes les autres – reposait, confiée à ma garde. Jamais le ciel ne m'avait paru si profond, les étoiles si brillantes... Tout à coup, la claire-voie du *parc* s'ouvrit et la belle Stéphanette parut. Elle ne pouvait pas dormir. Les bêtes faisaient crier la paille en remuant, ou bêlaient dans leurs rêves. Elle aimait mieux venir près du feu. Voyant cela, je lui jetai ma peau de bique sur les épaules, j'activai la flamme, et nous restâmes assis l'un près de l'autre sans parler. Si vous avez jamais passé la nuit à la belle étoile, vous savez qu'à l'heure où nous dormons, un monde mystérieux s'éveille dans la solitude et le silence. Alors les sources chantent bien plus clair, les étangs allument des petites flammes. Tous les esprits de la montagne vont et viennent librement; et il y a dans l'air des frôlements, des bruits imperceptibles, comme si l'on entendait les branches grandir, l'herbe pousser. Le jour, c'est la vie des êtres; mais la nuit, c'est la vie des choses. Quand on n'en a pas l'habitude, ça fait peur... Aussi notre demoiselle était toute frissonnante et se serrait contre moi au moindre bruit. Une fois, un cri long, mélancolique, parti de l'étang qui luisait plus bas, monta vers nous en ondulant. Au même instant une belle étoile filante glissa par-dessus nos têtes dans la même direction, comme si cette plainte que nous venions d'entendre portait une lumière avec elle.

— Qu'est-ce que c'est? me demanda Stéphanette à voix basse.

— Une âme qui entre en paradis, maîtresse; et je fis le signe de la croix.

Elle se signa aussi, et resta un moment la tête en l'air, très recueillie. Puis elle me dit :

— C'est donc vrai, berger, que vous êtes sorciers, vous autres?

— Nullement, notre demoiselle. Mais ici nous vivons plus près des étoiles, et nous savons ce qui s'y passe mieux que des gens de la plaine.

Elle regardait toujours en haut, la tête appuyée

dans la main, entourée de la peau de mouton comme un petit pâtre céleste :

— Qu'il y en a! Que c'est beau! Jamais je n'en avais tant vu... Est-ce que tu sais leurs noms, berger?

— Mais oui, maîtresse... Tenez! juste au-dessus de nous, voilà le *Chemin de saint Jacques* (la voie lactée). Il va de France droit sur l'Espagne. C'est saint Jacques de Galice qui l'a tracé pour montrer sa route au brave Charlemagne lorsqu'il faisait la guerre aux Sarrasins (1). Plus loin, vous avez le *Char des âmes* (la grande Ourse) avec ses quatre essieux resplendissants. Les trois étoiles qui vont devant sont les *Trois bêtes,* et cette toute petite contre la troisième c'est le *Charretier.* Voyez-vous tout autour cette pluie d'étoiles qui tombent? ce sont les âmes dont le bon Dieu ne veut pas chez lui... Un peu plus bas, voici le *Râteau* ou les *Trois rois* (Orion). C'est ce qui nous sert d'horloge, à nous autres. Rien qu'en les regardant, je sais maintenant qu'il est minuit passé. Un peu plus bas, toujours vers le midi, brille *Jean de Milan,* le flambeau des astres (Sirius). Sur cette étoile-là, voici ce que les bergers racontent. Il paraît qu'une nuit *Jean de Milan,* avec les *Trois rois* et la *Poussinière* (la Pléiade), furent invités à la noce d'une étoile de leurs amis. La *Poussinière,* plus pressée, partit, dit-on, la première, et prit le chemin haut. Regardez-la, là-haut, tout au fond du ciel. Les *Trois rois* coupèrent plus bas et la rattrapèrent; mais ce paresseux

(1) Tous ces détails d'astronomie populaire sont traduits de l'*Almanach provençal* qui se publie en Avignon.

de *Jean de Milan,* qui avait dormi trop tard, resta tout
à fait derrière, et furieux, pour les arrêter, leur jeta son
bâton. C'est pourquoi les *Trois rois* s'appellent aussi le
Bâton de Jean de Milan... Mais la plus belle de toutes les
étoiles, maîtresse, c'est la nôtre, c'est l'*Étoile du berger,* qui
nous éclaire à l'aube quand nous sortons le troupeau, et
aussi le soir quand nous le rentrons. Nous la nommons
encore *Maguelonne,* la belle Maguelonne qui court après
Pierre de Provence (Saturne) et se marie avec lui tous les
sept ans.

— Comment! berger, il y a donc des mariages
d'étoiles?

— Mais oui, maîtresse.

Et comme j'essayais de lui expliquer ce que c'était que
ces mariages, je sentis quelque chose de frais et de fin
peser légèrement sur mon épaule. C'était sa tête alourdie
de sommeil qui s'appuyait contre moi avec un joli froissement de rubans, de dentelles et de cheveux ondés. Elle
resta ainsi sans bouger jusqu'au moment où les astres du
ciel pâlirent, effacés par le jour qui montait. Moi, je la
regardais dormir, un peu troublé au fond de mon être,
mais saintement protégé par cette claire nuit qui ne m'a
jamais donné que de belles pensées. Autour de nous, les
étoiles continuaient leur marche silencieuse, dociles
comme un grand troupeau; et par moments je me figurais
qu'une de ces étoiles, la plus fine, la plus brillante, ayant
perdu sa route, était venue se poser sur mon épaule pour
dormir...

L'ARLÉSIENNE

PALESTINE

Pour aller au village, en descendant de mon moulin, on passe devant un *mas* bâti près de la route au fond d'une grande cour plantée de micocouliers. C'est la vraie maison du *ménager* de Provence, avec ses tuiles rouges, sa large façade brune irrégulièrement percée, puis tout en haut la girouette du grenier, la poulie pour hisser les meules, et quelques touffes de foin brun qui dépassent...

Pourquoi cette maison m'avait-elle frappé? Pourquoi ce portail fermé me serrait-il le cœur? Je n'aurais pas pu le dire, et pourtant ce logis me faisait froid. Il y avait trop de silence autour... Quand on passait, les chiens n'aboyaient pas, les pintades s'enfuyaient sans crier... A l'intérieur, pas une voix! Rien, pas même un grelot de mule... Sans les rideaux blancs des fenêtres et la fumée qui montait des toits, on aurait cru l'endroit inhabité.

Hier, sur le coup de midi, je revenais du village, et, pour éviter le soleil, je longeais les murs de la ferme, dans l'ombre des micocouliers... Sur la route, devant le *mas,* des valets silencieux achevaient de charger une charrette de foin... Le portail était resté ouvert. Je jetai un regard en passant, et je vis, au fond de la cour, accoudé – la tête dans ses mains – sur une large table de pierre, un grand vieux tout blanc, avec une veste trop courte et des culottes en lambeaux... Je m'arrêtai. Un des hommes me dit tout bas :

– Chut! c'est le maître... Il est comme ça depuis le malheur de son fils.

A ce moment une femme et un petit garçon, vêtus de noir, passèrent près de nous avec de gros paroissiens dorés, et entrèrent à la ferme.

L'homme ajouta :

– ... La maîtresse et Cadet qui reviennent de la messe. Ils y vont tous les jours, depuis que l'enfant s'est tué... Ah! monsieur, quelle désolation!... Le père porte encore les habits du mort; on ne peut pas les lui faire quitter... Dia! hue! la bête!

La charrette s'ébranla pour partir. Moi, qui voulais en savoir plus long, je demandai au voiturier de monter à côté de lui, et c'est là-haut, dans le foin, que j'appris toute cette navrante histoire.

Il s'appelait Jan. C'était un admirable paysan de vingt ans, sage comme une fille, solide et le visage ouvert.

Comme il était très beau, les femmes le regardaient; mais lui n'en avait qu'une en tête – une petite Arlésienne toute en velours et en dentelles, qu'il avait rencontrée sur la Lice d'Arles, une fois. – Au *mas,* on ne vit pas d'abord cette liaison avec plaisir. La fille passait pour coquette, et ses parents n'étaient pas du pays. Mais Jan voulait son Arlésienne à toute force. Il disait :

– Je mourrai si on ne me la donne pas.

Il fallut en passer par là. On décida de les marier après la moisson.

Donc, un dimanche soir, dans la cour du *mas,* la famille achevait de dîner. C'était presque un repas de noces. La fiancée n'y assistait pas, mais on avait bu en son honneur tout le temps... Un homme se présente à la porte, et, d'une voix qui tremble, demande à parler à maître Estève, à lui seul. Estève se lève et sort sur la route.

– Maître, lui dit l'homme, vous allez marier votre enfant à une coquine, qui a été ma maîtresse pendant deux ans. Ce que j'avance, je le prouve : voici des lettres !... Les parents savent tout et me l'avaient promise; mais, depuis que votre fils la recherche, ni eux ni la belle ne veulent plus de moi... J'aurais cru pourtant qu'après ça elle ne pouvait pas être la femme d'un autre.

– C'est bien ! dit maître Estève quand il eut regardé les lettres; entrez boire un verre de muscat.

L'homme répond :

– Merci ! j'ai plus de chagrin que de soif.

Et il s'en va.

Le père rentre impassible; il reprend sa place à table; et le repas s'achève gaiement...

Ce soir-là, maître Estève et son fils s'en allèrent ensemble dans les champs. Ils restèrent longtemps dehors; quand ils revinrent, la mère les attendait encore.

— Femme, dit le *ménager,* en lui amenant son fils, embrasse-le! il est malheureux...

Jan ne parla plus de l'Arlésienne. Il l'aimait toujours cependant, et même plus que jamais, depuis qu'on la lui avait montrée dans les bras d'un autre. Seulement il était trop fier pour rien dire; c'est ce qui le tua, le pauvre enfant!... Quelquefois il passait des journées entières seul dans un coin, sans bouger. D'autres jours, il se mettait à la terre avec rage et abattait à lui seul le travail de dix journaliers... Le soir venu, il prenait la route d'Arles et marchait devant lui jusqu'à ce qu'il vît monter dans le couchant les clochers grêles de la ville. Alors il revenait. Jamais il n'alla plus loin.

De le voir ainsi, toujours triste et seul, les gens du *mas* ne savaient plus que faire. On redoutait un malheur... Une fois, à table, sa mère, en le regardant avec des yeux pleins de larmes, lui dit :

— Eh bien! écoute, Jan, si tu la veux tout de même, nous te la donnerons...

Le père, rouge de honte, baissait la tête...

Jan fit signe que non, et il sortit...

A partir de ce jour, il changea sa façon de vivre, affectant d'être toujours gai, pour rassurer ses parents. On le revit au bal, au cabaret, dans les ferrades. A la vote de Fontvieille, c'est lui qui mena la farandole.

Le père disait : « Il est guéri. » La mère, elle, avait toujours des craintes et plus que jamais surveillait son enfant... Jan couchait avec Cadet, tout près de la magnanerie; la pauvre vieille se fit dresser un lit à côté de leur chambre... Les magnans pouvaient avoir besoin d'elle, dans la nuit.

Vint la fête de saint Éloi, patron des ménagers.

Grande joie au *mas*... Il y eut du château-neuf pour tout le monde et du vin cuit comme s'il en pleuvait. Puis des pétards, des feux sur l'aire, des lanternes de couleur plein les micocouliers... Vive saint Éloi! On farandola à mort. Cadet brûla sa blouse neuve... Jan lui-même avait l'air content; il voulut faire danser sa mère; la pauvre femme en pleurait de bonheur.

A minuit, on alla se coucher. Tout le monde avait besoin de dormir... Jan ne dormit pas, lui. Cadet a raconté depuis que toute la nuit il avait sangloté... Ah! je vous réponds qu'il était bien mordu, celui-là...

Le lendemain, à l'aube, la mère entendit quelqu'un traverser sa chambre en courant. Elle eut comme un pressentiment :

— Jan, c'est toi?

Jan ne répond pas; il est déjà dans l'escalier.

Vite, vite la mère se lève :

— Jan, où vas-tu?

Il monte au grenier; elle monte derrière lui :

– Mon fils, au nom du ciel!

Il ferme la porte et tire le verrou.

– Jan, mon Janet, réponds-moi. Que vas-tu faire?

A tâtons, de ses vieilles mains qui tremblent, elle cherche le loquet... Une fenêtre qui s'ouvre, le bruit d'un corps sur les dalles de la cour, et c'est tout...

Il s'était dit, le pauvre enfant : « Je l'aime trop... Je m'en vais... » Ah! misérables cœurs que nous sommes! C'est un peu fort pourtant que le mépris ne puisse pas tuer l'amour!...

Ce matin-là, les gens du village se demandèrent qui pouvait crier ainsi, là-bas, du côté du *mas* d'Estève...

C'était, dans la cour, devant la table de pierre couverte de rosée et de sang, la mère toute nue qui se lamentait, avec son enfant mort sur ses bras.

LA MULE DU PAPE

De tous les jolis dictons, proverbes ou adages, dont nos paysans de Provence passementent leurs discours, je n'en sais pas un plus pittoresque ni plus singulier que celui-ci. A quinze lieues autour de mon moulin, quand on parle d'un homme rancunier, vindicatif, on dit : « Cet homme-là! méfiez-vous!... il est comme la mule du Pape, qui garde sept ans son coup de pied. »

J'ai cherché bien longtemps d'où ce proverbe pouvait venir, ce que c'était que cette mule papale et ce coup de pied gardé pendant sept ans. Personne ici n'a pu me renseigner à sujet, pas même Francet Mamaï, mon joueur de fifre, qui connaît pourtant son légendaire provençal sur le bout du doigt. Francet pense comme moi qu'il y a là-dessous quelque ancienne chronique du pays d'Avignon; mais il n'en a jamais entendu parler autrement que par le proverbe...

– Vous ne trouverez cela qu'à la bibliothèque des Cigales, m'a dit le vieux fifre en riant.

L'idée m'a paru bonne, et comme la bibliothèque des Cigales est à ma porte, je suis allé m'y enfermer pendant huit jours.

C'est une bibliothèque merveilleuse, admirablement montée, ouverte aux poètes jour et nuit, et desservie par de petits bibliothécaires à cymbales qui vous font de la musique tout le temps. J'ai passé là quelques journées délicieuses, et, après une semaine de recherches – sur le dos – j'ai fini par découvrir ce que je voulais, c'est-à-dire l'histoire de ma mule et de ce fameux coup de pied gardé pendant sept ans. Le conte en est joli quoique un peu naïf, et je vais essayer de vous le dire tel que je l'ai lu hier matin dans un manuscrit couleur du temps, qui sentait bon la lavande sèche et avait de grands fils de la Vierge pour signets.

Qui n'a pas vu Avignon du temps des Papes, n'a rien vu. Pour la gaieté, la vie, l'animation, le train des fêtes, jamais une ville pareille. C'étaient, du matin au soir, des processions, des pèlerinages, les rues jonchées de fleurs, tapissées de hautes lices, des arrivages de cardinaux par le Rhône, bannières au vent, galères pavoisées, les soldats du Pape qui chantaient du latin sur les places, les crécelles des frères quêteurs; puis, du haut en bas des maisons qui se pressaient en bourdonnant autour du grand palais papal comme des abeilles autour de leur ruche, c'était encore le tic-tac des métiers à dentelles, le va-et-vient des navettes tissant l'or des chasubles, les petits marteaux des ciseleurs de burettes, les tables d'harmonie qu'on ajustait chez les luthiers, les cantiques des ourdisseuses ; par là-dessus le bruit des cloches, et toujours quelques tambourins qu'on entendait ronfler, là-bas, du côté du pont. Car chez nous, quand le peuple est content, il faut qu'il danse, il faut qu'il danse ; et comme en ce temps-là les rues de la ville étaient trop étroites pour la farandole, fifres et tambourins se postaient sur le pont d'Avignon, au vent frais du Rhône, et jour et nuit l'on y dansait, l'on y dansait... Ah! l'heureux temps! l'heureuse ville! Des hallebardes qui ne coupaient pas ; des prisons d'État où l'on mettait le vin à rafraîchir. Jamais de disette ; jamais de guerre... Voilà comment les Papes du Comtat savaient gouverner leur peuple ; voilà pourquoi leur peuple les a tant regrettés !...

Il y en a un surtout, un bon vieux, qu'on appelait Boniface... Oh! celui-là, que de larmes on a versées en Avignon quand il est mort! C'était un prince si aimable, si avenant! Il vous riait si bien du haut de sa mule! Et quand vous passiez près de lui – fussiez-vous un pauvre petit tireur de garance ou le grand viguier de la ville – il vous donnait sa bénédiction si poliment! Un vrai pape d'Yvetot, mais d'un Yvetot de Provence, avec quelque chose de fin dans le rire, un brin de marjolaine à sa barrette, et pas la moindre Jeanneton... La seule Jeanneton qu'on lui ait jamais connue, à ce bon père, c'était sa vigne

– une petite vigne qu'il avait plantée lui-même, à trois
lieues d'Avignon, dans les myrtes de Château-Neuf.

Tous les dimanches, en sortant de vêpres, le digne
homme allait lui faire sa cour; et quand il était là-haut,
assis au bon soleil, sa mule près de lui, ses cardinaux tout
autour étendus aux pieds des souches, alors il faisait
déboucher un flacon de vin du cru – ce beau vin, couleur
de rubis qui s'est appelé depuis le Château-Neuf des
Papes – et il le dégustait par petits coups, en regardant
sa vigne d'un air attendri. Puis, le flacon vidé, le jour
tombant, il rentrait joyeusement à la ville, suivi de tout
son chapitre; et, lorsqu'il passait sur le pont d'Avignon,
au milieu des tambours et des farandoles, sa mule, mise
en train par la musique, prenait un petit amble sautillant,
tandis que lui-même il marquait le pas de la danse avec
sa barrette, ce qui scandalisait fort ses cardinaux, mais faisait dire à tout le peuple : « Ah! le bon prince! Ah! le
brave pape! »

Après sa vigne de Château-Neuf, ce que le pape aimait
le plus au monde, c'était sa mule. Le bonhomme en raffo-
lait de cette bête-là. Tous les soirs avant de se coucher
il allait voir si son écurie était bien fermée, si rien ne manquait dans sa mangeoire, et jamais il ne se serait levé de
table sans faire préparer sous ses yeux un grand bol de
vin à la française, avec beaucoup de sucre et d'aromates,
qu'il allait lui porter lui-même, malgré les observations de
ses cardinaux... Il faut dire aussi que la bête en valait la

peine. C'était une belle mule noire mouchetée de rouge, le pied sûr, le poil luisant, la croupe large et pleine, portant fièrement sa petite tête sèche toute harnachée de pompons, de nœuds, de grelots d'argent, de bouffettes ; avec cela douce comme un ange, l'œil naïf, et deux longues oreilles, toujours en branle, qui lui donnaient l'air bon enfant... Tout Avignon la respectait, et, quand elle allait dans les rues, il n'y avait pas de bonnes manières qu'on ne lui fît ; car chacun savait que c'était le meilleur moyen d'être bien en cour, et qu'avec son air innocent, la mule du Pape en avait mené plus d'un à la fortune, à preuve Tistet Védène et sa prodigieuse aventure.

Ce Tistet Védène était, dans le principe, un effronté galopin, que son père, Guy Védène, le sculpteur d'or, avait été obligé de chasser de chez lui, parce qu'il ne voulait rien faire et débauchait les apprentis. Pendant six mois, on le vit traîner sa jaquette dans tous les ruisseaux d'Avignon, mais principalement du côté de la maison papale ; car le drôle avait depuis longtemps son idée sur la mule du Pape, et vous allez voir que c'était quelque chose de malin... Un jour que Sa Sainteté se promenait toute seule sous les remparts avec sa bête, voilà mon Tistet qui l'aborde, et lui dit en joignant les mains d'un air d'admiration :

— Ah ! mon Dieu ! grand Saint-Père, quelle brave mule vous avez là !... Laissez un peu que je la regarde... Ah ! mon Pape, la belle mule !... L'empereur d'Allemagne n'en a pas une pareille.

Et il la caressait, et il lui parlait doucement comme à une demoiselle :

– Venez ça, mon bijou, mon trésor, ma perle fine...

Et le bon Pape, tout ému, se disait dans lui-même :

– Quel bon petit garçonnet!... Comme il est gentil avec ma mule!

Et puis le lendemain savez-vous ce qui arriva? Tistet Védène troqua sa vieille jaquette jaune contre une belle aube en dentelles, un camail de soie violette, des souliers à boucles, et il entra dans la maîtrise du Pape, où jamais avant lui on n'avait reçu que des fils de nobles et des neveux de cardinaux... Voilà ce que c'est que l'intrigue!... Mais Tistet ne s'en tint pas là.

Une fois au service du Pape, le drôle continua le jeu qui lui avait si bien réussi. Insolent avec tout le monde, il n'avait d'attentions ni de prévenances que pour la mule, et toujours on le rencontrait par les cours du palais avec une poignée d'avoine ou une bottelée de sainfoin, dont il secouait gentiment les grappes roses en regardant le balcon du Saint-Père, d'un air de dire : « Hein!... pour qui ça?... » Tant et tant qu'à la fin le bon Pape, qui se sentait devenir vieux, en arriva à lui laisser le soin de veiller sur l'écurie et de porter à la mule son bol de vin à la française; ce qui ne faisait pas rire les cardinaux.

Ni la mule non plus, cela ne la faisait pas rire... Maintenant, à l'heure de son vin, elle voyait toujours arriver chez elle cinq ou six petits clercs de maîtrise qui se fourraient vite dans la paille avec leur camail et leurs dentelles ; puis, au bout d'un moment, une bonne odeur chaude de caramel et d'aromates emplissait l'écurie, et Tistet Védène apparaissait portant avec précaution le bol de vin à la française. Alors le martyre de la pauvre bête commençait.

Ce vin parfumé qu'elle aimait tant, qui lui tenait chaud, qui lui mettait des ailes, on avait la cruauté de le lui apporter, là, dans sa mangeoire, de le lui faire respirer ; puis, quand elle en avait les narines pleines, passe, je t'ai vu ! La belle liqueur de flamme rose s'en allait toute dans le gosier de ces garnements... Et encore, s'ils n'avaient fait que lui voler son vin ; mais c'étaient comme des diables, tous ces petits clercs, quand ils avaient bu !... L'un lui tirait les oreilles, l'autre la queue ; Quiquet lui montait sur le dos, Béluguet lui essayait sa barrette, et pas un de ces galopins ne songeait que d'un coup de reins ou d'une ruade la brave bête aurait pu les envoyer tous dans l'étoile polaire, et même plus loin... Mais non ! On n'est pas pour rien la mule du Pape, la mule des bénédictions et des indulgences... Les enfants avaient beau faire, elle ne se fâchait pas ; et ce n'était qu'à Tistet Védène qu'elle en voulait... Celui-là, par exemple, quand elle le sentait derrière elle, son sabot lui démangeait, et vraiment il y avait bien de quoi. Ce vaurien de Tistet lui jouait de si vilains tours ! Il avait de si cruelles inventions après boire !...

Est-ce qu'un jour il ne s'avisa pas de la faire monter avec lui au clocheton de la maîtrise, là-haut, tout là-haut, à la pointe du palais !... Et ce que je vous dis là n'est pas

un conte, deux cent mille Provençaux l'ont vu. Vous figurez-vous la terreur de cette malheureuse mule, lorsque,
après avoir tourné pendant une heure à l'aveuglette dans
un escalier en colimaçon et grimpé je ne sais combien de
marches, elle se trouva tout à coup sur une plate-forme
éblouissante de lumière, et qu'à mille pieds au-dessous
d'elle elle aperçut tout un Avignon fantastique, les bara-
ques du marché pas plus grosses que des noisettes, les soldats du Pape devant leur caserne comme des fourmis rouges, et là-bas, sur un fil d'argent, un petit pont
microscopique où l'on dansait, où l'on dansait... Ah! pauvre bête! quelle panique! Du cri qu'elle en poussa, toutes
les vitres du palais tremblèrent.

   — Qu'est-ce qu'il y a? qu'est-ce qu'on lui fait? s'écria
le bon Pape en se précipitant sur son balcon.

   Tistet Védène était déjà dans la cour, faisant mine de
pleurer et de s'arracher les cheveux :

   — Ah! grand Saint-Père, ce qu'il y a! Il y a que votre
mule... Mon Dieu! qu'allons-nous devenir? Il y a que
votre mule est montée dans le clocheton...

   — Toute seule???

   — Oui, grand Saint-Père, toute seule... Tenez! regardez-la, là-haut... Voyez-vous le bout de ses oreilles qui
passe?... On dirait deux hirondelles...

   — Miséricorde! fit le pauvre Pape en levant les yeux...
Mais elle est donc devenue folle! Mais elle va se tuer...
Veux-tu bien descendre, malheureuse!...

   Pécaïre! elle n'aurait pas mieux demandé, elle, que de
descendre...; mais par où? L'escalier, il n'y fallait pas son-

ger : ça se monte encore, ces choses-là; mais, à la descente, il y aurait de quoi se rompre cent fois les jambes...
Et la pauvre mule se désolait, et, tout en rôdant sur la
plate-forme avec ses gros yeux pleins de vertige, elle pensait à Tistet Védène :

— Ah! bandit, si j'en réchappe... quel coup de sabot
demain matin!

Cette idée de coup de sabot lui redonnait un peu de
cœur au ventre; sans cela elle n'aurait pas pu se tenir...
Enfin on parvint à la tirer de là-haut; mais ce fut toute
une affaire. Il fallut la descendre avec un cric, des cordes,
une civière. Et vous pensez quelle humiliation pour la
mule d'un pape de se voir pendue à cette hauteur, nageant
des pattes dans le vide comme un hanneton au bout d'un
fil. Et tout Avignon qui la regardait.

La malheureuse bête n'en dormit pas de la nuit. Il lui
semblait toujours qu'elle tournait sur cette maudite plate-
forme, avec les rires de la ville au-dessous, puis elle pensait à cet infâme Tistet Védène et au joli coup de sabot
qu'elle allait lui détacher le lendemain matin. Ah! mes
amis, quel coup de sabot! De Pampérigouste on en verrait
la fumée... Or, pendant qu'on lui préparait cette belle
réception à l'écurie, savez-vous ce que faisait Tistet
Védène? Il descendait le Rhône en chantant sur une
galère papale et s'en allait à la cour de Naples avec la
troupe de jeunes nobles que la ville envoyait tous les ans
près de la reine Jeanne pour s'exercer à la diplomatie et
aux belles manières. Tistet n'était pas noble; mais le Pape
tenait à le récompenser des soins qu'il avait donnés

à sa bête, et principalement de l'activité qu'il venait de déployer pendant la journée du sauvetage.

C'est la mule qui fut désappointée le lendemain!

– Ah! le bandit! il s'est douté de quelque chose!... pensait-elle en secouant ses grelots avec fureur...; mais c'est égal, va, mauvais! tu le retrouveras au retour. ton coup de sabot..., je te le garde!

Et elle le lui garda.

Après le départ de Tistet, la mule du Pape retrouva son train de vie tranquille et ses allures d'autrefois. Plus de Quiquet, plus de Béluguet à l'écurie. Les beaux jours du vin à la française étaient revenus, et avec eux la bonne humeur, les longues siestes, et le petit pas de gavotte quand elle passait sur le pont d'Avignon. Pourtant, depuis son aventure, on lui marquait toujours un peu de froideur dans la ville. Il y avait des chuchotements sur sa route; les vieilles gens hochaient la tête, les enfants riaient en se montrant le clocheton. Le bon Pape lui-même n'avait plus autant de confiance en son amie, et, lorsqu'il se laissait aller à faire un petit somme sur son dos, le dimanche, en revenant de la vigne, il gardait toujours cette arrière-pensée : « Si j'allais me réveiller là-haut, sur la plateforme! » La mule voyait cela et elle en souffrait, sans rien dire; seulement, quand on prononçait le nom de Tistet Védène devant elle, ses longues oreilles frémissaient, et elle aiguisait avec un petit rire le fer de ses sabots sur le pavé...

Sept ans se passèrent ainsi; puis, au bout de ces sept années, Tistet Védène revint de la cour de Naples. Son temps n'était pas encore fini là-bas; mais il avait appris que le premier moutardier du Pape venait de mourir subitement en Avignon, et, comme la place lui semblait bonne, il était arrivé en grande hâte pour se mettre sur les rangs.

Quand cet intrigant de Védène entra dans la salle du palais, le Saint-Père eut peine à le reconnaître, tant il avait grandi et pris du corps. Il faut dire aussi que le bon Pape s'était fait vieux de son côté, et qu'il n'y voyait pas bien sans besicles.

Tistet ne s'intimida pas.

– Comment! grand Saint-Père, vous ne me reconnaissez plus?... C'est moi. Tistet Védène!...

– Védène?...

– Mais oui, vous savez bien... celui qui portait le vin français à votre mule.

– Ah! oui... oui... je me rappelle... Un bon petit garçonnet, ce Tistet Védène!... Et maintenant, qu'est-ce qu'il veut de nous?

– Oh! peu de chose, grand Saint-Père... Je venais vous demander... A propos, est-ce que vous l'avez toujours, votre mule? Et elle va bien?... Ah! tant mieux!... Je venais vous demander la place du premier moutardier qui vient de mourir.

– Premier moutardier, toi!... Mais tu es trop jeune. Quel âge as-tu donc?

– Vingt ans deux mois, illustre pontife, juste cinq ans de plus que votre mule... Ah!... palme de Dieu, la brave bête!... Si vous saviez comme je l'aimais cette mule-là... comme je me suis langui d'elle en Italie!... Est-ce que vous ne me la laisserez pas voir?

— Si, mon enfant, tu la verras, fit le bon Pape tout ému... Et puisque tu l'aimes tant, cette brave bête, je ne veux plus que tu vives loin d'elle. Dès ce jour, je t'attache à ma personne en qualité de premier moutardier... Mes cardinaux crieront, mais tant pis! j'y suis habitué... Viens nous trouver demain, à la sortie de vêpres, nous te remettrons les insignes de ton grade en présence de notre chapitre, et puis... je te mènerai voir la mule, et tu viendras à la vigne avec nous deux... hé! hé! Allons! va...

Si Tistet Védène était content en sortant de la grande salle, avec quelle impatience il attendit la cérémonie du lendemain, je n'ai pas besoin de vous le dire. Pourtant il y avait dans le palais quelqu'un de plus heureux encore et de plus impatient que lui : c'était la mule. Depuis le retour de Védène jusqu'aux vêpres du jour suivant, la terrible bête ne cessa de se bourrer d'avoine et de tirer au mur avec ses sabots de derrière. Elle aussi se préparait pour la cérémonie...

Et donc, le lendemain, lorsque vêpres furent dites, Tistet Védène fit son entrée dans la cour du palais papal. Tout le haut clergé était là, les cardinaux en robes rouges, l'avocat du diable en velours noir, les abbés de couvent avec leurs petites mitres, les marguilliers de Saint-Agrico, les camails violets de la maîtrise, le bas clergé aussi, les soldats du Pape en grand uniforme, les trois confréries de pénitents, les ermites du mont Ventoux avec leurs mines farouches et le petit clerc qui va derrière en portant la clochette, les frères flagellants nus jusqu'à la ceinture, les sacristains fleuris en robes de juges, tous, tous, jusqu'aux donneurs d'eau bénite, et celui qui allume, et celui qui éteint... il n'y en avait pas un qui manquât... Ah! c'était une belle ordination! Des cloches, des pétards, du soleil, de la musique, et toujours ces enragés de tambourins qui menaient la danse, là-bas, sur le pont d'Avignon...

Quand Védène parut au milieu de l'assemblée, sa prestance et sa belle mine y firent courir un murmure d'admiration. C'était un magnifique Provençal, mais des blonds, avec de grands cheveux frisés au bout et une petite barbe follette qui semblait prise aux copeaux de fin métal tombé du burin de son père, le sculpteur d'or. Le bruit courait que dans cette barbe blonde les doigts de la reine Jeanne avaient quelquefois joué; et le sire de Védène avait bien, en effet, l'air glorieux et le regard distrait des hommes que les reines ont aimés... Ce jour-là, pour faire honneur à sa nation, il avait remplacé ses vêtements napolitains par une jaquette bordée de rose à la Provençale, et sur son chaperon tremblait une grande plume d'ibis de Camargue.

Sitôt entré, le premier moutardier salua d'un air galant, et se dirigea vers le haut perron, où le Pape l'attendait pour lui remettre les insignes de son grade : la cuiller de buis jaune et l'habit de safran. La mule était au bas de l'escalier, toute harnachée et prête à partir pour la vigne... Quand il passa près d'elle, Tistet Védène eut un bon sourire et s'arrêta pour lui donner deux ou trois petites tapes amicales sur le dos, en regardant du coin de l'œil si le

Pape le voyait. La position était bonne... La mule prit son élan :

— Tiens! attrape, bandit! Voilà sept ans que je te le garde!

Et elle vous lui détacha un coup de sabot si terrible, si terrible, que de Pampérigouste même on en vit la fumée, un tourbillon de fumée blonde où voltigeait une plume d'ibis; tout ce qui restait de l'infortuné Tistet Védène!...

Les coups de pied de mule ne sont pas aussi foudroyants d'ordinaire; mais celle-ci était une mule papale; et puis, pensez donc! elle le lui gardait depuis sept ans... Il n'y a pas de plus bel exemple de rancune ecclésiastique.

LE PHARE DES SANGUINAIRES

Cette nuit je n'ai pas pu dormir. Le mistral était en colère, et les éclats de sa grande voix m'ont tenu éveillé jusqu'au matin. Balançant lourdement ses ailes mutilées qui sifflaient à la bise comme les agrès d'un navire, tout le moulin craquait. Des tuiles s'envolaient de sa toiture en déroute. Au loin, les pins serrés dont la colline est couverte s'agitaient et bruissaient dans l'ombre. On se serait cru en pleine mer...

Cela m'a rappelé tout à fait mes belles insomnies d'il y a trois ans, quand j'habitais le phare des Sanguinaires, là-bas, sur la côte corse, à l'entrée du golfe d'Ajaccio.

Encore un joli coin que j'avais trouvé là pour rêver et pour être seul.

Figurez-vous une île rougeâtre et d'aspect farouche ; le phare à une pointe, à l'autre une vieille tour génoise où, de mon temps, logeait un aigle. En bas, au bord de l'eau, un lazaret en ruine, envahi de partout par les herbes; puis, des ravins, des maquis, de grandes roches, quelques chèvres sauvages, de petits chevaux corses gambadant la crinière au vent; enfin là-haut, tout en haut, dans un tourbillon d'oiseaux de mer, la maison du phare, avec sa plate-forme en maçonnerie blanche, où les gardiens se promènent de long en large, la porte verte en ogive, la petite tour de fonte, et au-dessus la grosse lanterne à facettes qui flambe au soleil et fait de la lumière même pendant le jour... Voilà l'île des Sanguinaires, comme je l'ai revue cette nuit, en entendant ronfler mes pins. C'était dans cette île enchantée qu'avant d'avoir un moulin j'allais m'enfermer quelquefois, lorsque j'avais besoin de grand air et de solitude.

Ce que je faisais?

Ce que je fais ici, moins encore. Quand le mistral ou la tramontane ne soufflaient pas trop fort, je venais me mettre entre deux roches au ras de l'eau, au milieu des goélands, des merles, des hirondelles, et j'y restais presque tout le jour dans cette espèce de stupeur et d'accablement délicieux que donne la contemplation de la mer. Vous connaissez, n'est-ce pas, cette jolie griserie de l'âme? On ne pense pas, on ne rêve pas non plus. Tout votre être vous échappe, s'envole, s'éparpille. On est la mouette qui plonge, la poussière d'écume qui flotte au soleil entre deux vagues, la fumée blanche de ce paquebot qui s'éloigne, ce petit corailleur à voile rouge, cette perle d'eau, ce flocon de brume, tout excepté soi-même... Oh! que j'en ai passé dans mon île de ces belles heures de demi-sommeil et d'éparpillement!...

Les jours de grand vent, le bord de l'eau n'étant pas tenable, je m'enfermais dans la cour du lazaret, une petite cour mélancolique, toute embaumée de romarin et d'absinthe sauvage, et là, blotti contre un pan de vieux mur, je me laissais envahir doucement par le vague parfum d'abandon et de tristesse qui flottait avec le soleil dans les logettes de pierre, ouvertes tout autour comme d'anciennes tombes. De temps en temps un battement de porte, un bond léger dans l'herbe... c'était une chèvre qui venait brouter à l'abri du vent. En me voyant, elle s'arrêtait interdite, et restait plantée devant moi, l'air vif, la corne haute, me regardant d'un œil enfantin...

Vers cinq heures, le porte-voix des gardiens m'appelait pour dîner. Je prenais alors un petit sentier dans le maquis grimpant à pic au-dessus de la mer, et je revenais lentement vers le phare, me retournant à chaque pas sur cet immense horizon d'eau et de lumière qui semblait s'élargir à mesure que je montais.

Là-haut c'était charmant. Je vois encore cette belle salle à manger à larges dalles, à lambris de chêne, la bouillabaisse fumant au milieu, la porte grande ouverte sur la terrasse blanche et tout le couchant qui entrait... Les gardiens étaient là, m'attendant pour se mettre à table. Il y en avait trois, un Marseillais et deux Corses, tous trois petits, barbus, le même visage tanné, crevassé, le même

pelone (caban) en poil de chèvre, mais d'allure et d'humeur
entièrement opposées.

A la façon de vivre de ces gens, on sentait tout de suite
la différence des deux races. Le Marseillais, industrieux
et vif, toujours affairé, toujours en mouvement, courait
l'île du matin au soir, jardinant, pêchant, ramassant des
œufs de *gouailles,* s'embusquant dans le maquis pour traire
une chèvre au passage ; et toujours quelque aïoli ou quelque bouillabaisse en train.

Les Corses, eux, en dehors de leur service, ne s'occu-
paient absolument de rien ; ils se considéraient comme des
fonctionnaires, et passaient toutes leurs journées dans la
cuisine à jouer d'interminables parties de *scopa,* ne s'interrompant que pour rallumer leurs pipes d'un air grave et
hacher avec des ciseaux, dans le creux de leurs mains, de
grandes feuilles de tabac vert...

Du reste, Marseillais et Corses, tous trois de bonnes
gens, simples, naïfs, et pleins de prévenances pour leur
hôte, quoique au fond il dût leur paraître un monsieur
bien extraordinaire...

Pensez donc! venir s'enfermer au phare pour son plaisir!... Eux qui trouvent les journées si longues, et qui sont
si heureux quand c'est leur tour d'aller à terre... Dans la
belle saison, ce grand bonheur leur arrive tous les mois.
Dix jours de terre pour trente jours de phare, voilà le
règlement ; mais avec l'hiver et les gros temps, il n'y a
plus de règlement qui tienne. Le vent souffle, la vague
monte, les Sanguinaires sont blanches d'écume, et les gardiens de service restent bloqués deux ou trois mois de

suite, quelquefois même dans de terribles conditions.

– Voici ce qui m'est arrivé, à moi, monsieur – me contait un jour le vieux Bartoli, pendant que nous dînions – voici ce qui m'est arrivé il y a cinq ans, à cette même table où nous sommes, un soir d'hiver, comme maintenant. Ce soir-là, nous n'étions que deux dans le phare, moi et un camarade qu'on appelait Tchéco... Les autres étaient à terre, malades, en congé, je ne sais plus... Nous finissions de dîner, bien tranquilles... Tout à coup, voilà mon camarade qui s'arrête de manger, me regarde un moment avec de drôles d'yeux, et, pouf! tombe sur la table, les bras en avant. Je vais à lui, je le secoue, je l'appelle :

« – Oh! Tché!... Oh! Tché!...

« Rien! il était mort... Vous jugez quelle émotion! Je restai plus d'une heure stupide et tremblant devant ce cadavre, puis, subitement cette idée me vient : « Et le phare! » Je n'eus que le temps de monter dans la lanterne et d'allumer. La nuit était déjà là... Quelle nuit, monsieur! La mer, le vent n'avaient plus leurs voix naturelles. A tout moment il me semblait que quelqu'un m'appelait dans l'escalier... Avec cela une fièvre, une soif! Mais vous ne m'auriez pas fait descendre... j'avais trop peur du mort. Pourtant, au petit jour, le courage me revint un peu. Je portai mon camarade sur son lit; un drap dessus, un bout de prière, et puis vite aux signaux d'alarme.

« Malheureusement, la mer était trop grosse; j'eus beau appeler, appeler, personne ne vint... Me voilà seul dans le phare avec mon pauvre Tchéco, et Dieu sait pour

combien de temps... J'espérais pouvoir le garder près de
moi jusqu'à l'arrivée du bateau! mais au bout de trois
jours ce n'était plus possible... Comment faire? le porter
dehors? l'enterrer? La roche était trop dure, et il y a tant
de corbeaux dans l'île. C'était pitié de leur abandonner
ce chrétien. Alors je songeai à le descendre dans une des
logettes du lazaret... Ça me prit tout un après-midi cette
triste corvée-là, et je vous réponds qu'il m'en fallut du
courage... Tenez! monsieur, encore aujourd'hui, quand je
descends ce côté de l'île par un après-midi de grand vent,
il me semble que j'ai toujours le mort sur les épaules... »

Pauvre vieux Bartoli! La sueur lui en coulait sur le
front, rien que d'y penser.

Nos repas se passaient ainsi à causer longuement : le
phare, la mer, des récits de naufrages, des histoires de
bandits corses... Puis, le jour tombant, le gardien du premier quart allumait sa petite lampe, prenait sa pipe, sa
gourde, un gros Plutarque à tranche rouge, toute la bibliothèque des Sanguinaires, et disparaissait par le fond. Au
bout d'un moment, c'était dans tout le phare un fracas
de chaînes, de poulies, de gros poids d'horloges qu'on
remontait.

Moi, pendant ce temps, j'allais m'asseoir dehors sur
la terrasse. Le soleil, déjà très bas, descendait vers
l'eau de plus en plus vite, entraînant tout l'horizon
après lui. Le vent fraîchissait, l'île devenait violette.
Dans le ciel, près de moi, un gros oiseau passait lourde-

ment : c'était l'aigle de la tour génoise qui rentrait... Peu
à peu la brume de mer montait. Bientôt on ne voyait plus
que l'ourlet blanc de l'écume autour de l'île... Tout à coup,
au-dessus de ma tête, jaillissait un grand flot de lumière
douce. Le phare était allumé. Laissant toute l'île dans
l'ombre, le clair rayon allait tomber au large sur la mer,
et j'étais là perdu dans la nuit, sous ces grandes ondes
lumineuses qui m'éclaboussaient à peine en passant...
Mais le vent fraîchissait encore. Il fallait rentrer. A
tâtons, je fermais la grosse porte, j'assurais les barres de
fer ; puis, toujours tâtonnant, je prenais un petit escalier
de fonte qui tremblait et sonnait sous mes pas, et j'arrivais
au sommet du phare. Ici, par exemple, il y en avait de
la lumière.

Imaginez une lampe Carcel gigantesque à six rangs de
mèches, autour de laquelle pivotent lentement les parois
de la lanterne, les unes remplies par une énorme lentille
de cristal, les autres ouvertes sur un grand vitrage immobile qui met la flamme à l'abri du vent... En entrant j'étais
ébloui. Ces cuivres, ces étains, ces réflecteurs de métal
blanc, ces murs de cristal bombé qui tournaient avec des
grands cercles bleuâtres, tout ce miroitement, tout ce cli-
quetis de lumières, me donnait un moment de vertige.

Peu à peu, cependant, mes yeux s'y faisaient, et je
venais m'asseoir au pied même de la lampe, à côté du gardien qui lisait son Plutarque à haute voix, de peur de
s'endormir...

Au-dehors, le noir, l'abîme. Sur le petit balcon qui
tourne autour du vitrage, le vent court comme un fou, en

hurlant. Le phare craque, la mer ronfle. A la pointe de
l'île, sur les brisants, les lames font comme des coups de
canon... Par moments un doigt invisible frappe aux carreaux : quelque oiseau de nuit, que la lumière attire, et qui
vient se casser la tête contre le cristal... Dans la lanterne
étincelante et chaude, rien que le crépitement de la
flamme, le bruit de l'huile qui s'égoutte, de la chaîne qui
se dévide ; et une voix monotone psalmodiant la vie de
Démétrius de Phalère...

A minuit, le gardien se levait, jetait un dernier coup
d'œil à ses mèches, et nous descendions. Dans l'escalier
on rencontrait le camarade du second quart qui montait
en se frottant les yeux ; on lui passait la gourde, le Plutarque... Puis, avant de gagner nos lits, nous entrions un
moment dans la chambre du fond, toute encombrée de
chaînes, de gros poids, de réservoirs d'étain, de cordages,
et là, à la lueur de sa petite lampe, le gardien écrivait sur
le grand livre du phare, toujours ouvert :

Minuit. Grosse mer. Tempête. Navire au large.

L'AGONIE DE LA SÉMILLANTE

Puisque le mistral de l'autre nuit nous a jetés sur la côte corse, laissez-moi vous raconter une terrible histoire de mer dont les pêcheurs de là-bas parlent souvent à la veillée, et sur laquelle le hasard m'a fourni des renseignements fort curieux.

... Il y a deux ou trois ans de cela.

Je courais la mer de Sardaigne en compagnie de sept ou huit matelots douaniers. Rude voyage pour un novice! De tout le mois de mars, nous n'eûmes pas un jour de bon. Le vent d'est s'était acharné après nous, et la mer ne décolérait pas.

Un soir que nous fuyions devant la tempête, notre bateau vint se réfugier à l'entrée du détroit de Bonifacio, au milieu d'un massif de petites îles... Leur aspect n'avait rien d'engageant : grands rocs pelés, couverts d'oiseaux, quelques touffes d'absinthe, des maquis de lentisques, et, çà et là, dans la vase, des pièces de bois en train de pourrir : mais, ma foi, pour passer la nuit, ces roches sinistres valaient encore mieux que le rouf d'une vieille barque à demi pontée, où la lame entrait comme chez elle, et nous nous en contentâmes.

A peine débarqués, tandis que les matelots allumaient du feu pour la bouillabaisse, le patron m'appela, et, me montrant un petit enclos de maçonnerie blanche perdu dans la brume au bout de l'île :

— Venez-vous au cimetière? me dit-il.

— Un cimetière, patron Lionetti! Où sommes-nous donc?

— Aux îles Lavezzi, monsieur. C'est ici que sont enterrés les six cents hommes de la *Sémillante*, à l'endroit même où leur frégate s'est perdue, il y a dix ans... Pauvres gens! ils ne reçoivent pas beaucoup de visites; c'est bien le moins que nous allions leur dire bonjour, puisque nous voilà...

— De tout mon cœur, patron.

Qu'il était triste le cimetière de la *Sémillante*!... Je le vois encore avec sa petite muraille basse, sa porte de fer, rouillée, dure à ouvrir, sa chapelle silencieuse, et des centaines de croix noires cachées par l'herbe... Pas une couronne d'immortelles, pas un souvenir! rien... Ah! les pauvres morts abandonnés, comme ils doivent avoir froid dans leur tombe de hasard!

Nous restâmes là un moment, agenouillés. Le patron priait à haute voix. D'énormes goélands, seuls gardiens du cimetière, tournoyaient sur nos têtes et mêlaient leurs cris rauques aux lamentations de la mer.

La prière finie, nous revînmes tristement vers le coin de l'île où la barque était amarrée. En notre absence, les matelots n'avaient pas perdu leur temps. Nous trouvâmes un grand feu flambant à l'abri d'une roche, et la marmite qui fumait. On s'assit en rond, les pieds à la flamme, et bientôt chacun eut sur ses genoux, dans une écuelle de terre rouge, deux tranches de pain noir arrosées largement. Le repas fut silencieux : nous étions mouillés, nous avions faim, et puis le voisinage du cimetière... Pourtant, quand les écuelles furent vidées, on alluma les pipes et on se mit à causer un peu. Naturellement, on parlait de la *Sémillante.*

— Mais enfin, comment la chose s'est-elle passée? demandai-je au patron, qui, la tête dans ses mains, regardait la flamme d'un air pensif.

— Comment la chose s'est passée? me répondit le bon Lionetti avec un gros soupir, hélas! monsieur, personne au monde ne pourrait le dire. Tout ce que nous savons, c'est que la *Sémillante,* chargée de troupes pour la Crimée, était partie de Toulon, la veille au soir, avec le mauvais temps. La nuit, ça se gâta encore. Du vent, de la pluie, la mer énorme comme on ne l'avait jamais vue... Le matin, le vent tomba un peu, mais la mer était toujours dans tous ses états, et avec cela une sacrée brume du diable à ne pas distinguer un fanal à quatre pas... Ces bru-

mes-là, monsieur, on ne se doute pas comme c'est traître...
Ça ne fait rien, j'ai idée que la *Sémillante* a dû perdre son
gouvernail dans la matinée ; car, il n'y a pas de brume qui
tienne, sans une avarie, jamais le capitaine ne serait venu
s'aplatir ici contre. C'était un rude marin, que nous
connaissions tous. Il avait commandé la station en Corse
pendant trois ans, et savait sa côte aussi bien que moi,
qui ne sais pas autre chose.

— Et à quelle heure pense-t-on que la *Sémillante* a péri ?

— Ce doit être à midi ; oui, monsieur, en plein midi...
Mais dame ! avec la brume de mer, ce plein midi-là ne
valait guère mieux qu'une nuit noire comme la gueule
d'un loup... Un douanier de la côte m'a raconté que ce
jour-là, vers onze heures et demie, étant sorti de sa maisonnette pour rattacher ses volets, il avait eu sa casquette
emportée d'un coup de vent, et qu'au risque d'être enlevé
lui-même par la lame, il s'était mis à courir après, le long
du rivage, à quatre pattes. Vous comprenez ! les douaniers
ne sont pas riches, et une casquette, ça coûte cher. Or il
paraîtrait qu'à un moment notre homme, en relevant la
tête, aurait aperçu tout près de lui, dans la brume, un gros
navire à sec de toiles qui fuyait sous le vent du côté des
îles Lavezzi. Ce navire allait si vite, si vite, que le douanier n'eut guère le temps de bien voir. Tout fait croire
cependant que c'était la *Sémillante,* puisque une demi-
heure après le berger des îles a entendu sur ces roches...
Mais précisément voici le berger dont je vous parle, monsieur ; il va vous conter la chose lui-même... Bonjour,
Palombo !... viens te chauffer un peu ; n'aie pas peur.

Un homme encapuchonné, que je voyais rôder depuis un moment autour de notre feu et que j'avais pris pour quelqu'un de l'équipage, car j'ignorais qu'il y eût un berger dans l'île, s'approcha de nous craintivement.

C'était un vieux lépreux, aux trois quarts idiot, atteint de je ne sais quel mal scorbutique qui lui faisait de grosses lèvres lippues, horribles à voir. On lui expliqua à grand-peine de quoi il s'agissait. Alors, soulevant du doigt sa lèvre malade, le vieux nous raconta qu'en effet, le jour en question, vers midi, il entendit de sa cabane un craquement effroyable sur les roches. Comme l'île était toute couverte d'eau, il n'avait pas pu sortir, et ce fut le lendemain seulement qu'en ouvrant sa porte il avait vu le rivage encombré de débris et de cadavres laissés là par la mer. Épouvanté, il s'était enfui en courant vers sa barque, pour aller à Bonifacio chercher du monde.

Fatigué d'en avoir tant dit, le berger s'assit, et le patron reprit la parole :

— Oui, monsieur, c'est ce pauvre vieux qui est venu nous prévenir. Il était presque fou de peur ; et, de l'affaire, sa cervelle en est restée détraquée. Le fait est qu'il y avait de quoi... Figurez-vous six cents cadavres en tas sur le sable, pêle-mêle avec les éclats de bois et les lambeaux de toile... Pauvre *Sémillante!*... la mer l'avait broyée du coup, et si bien mise en miettes que dans tous ses débris le berger Palombo n'a trouvé qu'à grand-peine de quoi faire une palissade autour de sa hutte... Quant aux hommes, presque tous défigurés, mutilés affreusement... c'était pitié de les voir accrochés les uns aux autres, par grappes... Nous trouvâmes le capitaine en grand costume, l'aumô- nier son étole au cou; dans un coin, entre deux roches, un petit mousse, les yeux ouverts... on aurait cru qu'il vivait encore; mais non! Il était dit que pas un n'en réchapperait...

Ici le patron s'interrompit :

– Attention, Nardi! cria-t-il, le feu s'éteint.

Nardi jeta sur la braise deux ou trois morceaux de plan- ches goudronnées qui s'enflammèrent, et Lionetti conti- nua :

– Ce qu'il y a de plus triste dans cette histoire, le voici... Trois semaines avant le sinistre, une petite cor- vette, qui allait en Crimée comme la *Sémillante,* avait fait naufrage de la même façon, presque au même endroit; seulement, cette fois-là, nous étions parvenus à sauver l'équipage et vingt soldats du train qui se trouvaient à bord... Ces pauvres tringlos n'étaient pas à leur affaire, vous pensez! On les emmena à Bonifacio et nous les gar- dâmes pendant deux jours avec nous, à la *marine...* Une fois bien secs et remis sur pied, bonsoir! bonne chance! ils retournèrent à Toulon où, quelque temps après, on les embarqua de nouveau pour la Crimée... Devinez sur quel navire!... Sur la *Sémillante,* monsieur... Nous les avons retrouvés tous, tous les vingt, couchés parmi les morts, à la place où nous sommes... Je relevai moi-même un joli brigadier à fines moustaches, un blondin de Paris, que j'avais couché à la maison et qui nous avait fait rire tout le temps avec ses histoires... De le voir là, ça me creva le cœur... Ah! Santa Madre!...

Là-dessus, le brave Lionetti, tout ému, secoua les cendres de sa pipe et se roula dans son caban en me souhaitant la bonne nuit... Pendant quelque temps encore, les matelots causèrent entre eux à demi-voix... Puis, l'une après l'autre, les pipes s'éteignirent... On ne parla plus... Le vieux berger s'en alla... Et je restai seul à rêver au milieu de l'équipage endormi.

Encore sous l'impression du lugubre récit que je venais d'entendre, j'essayais de reconstruire dans ma pensée le pauvre navire défunt et l'histoire de cette agonie dont les goélands ont été seuls témoins. Quelques détails qui m'avaient frappé, le capitaine en grand costume, l'étole de l'aumônier, les vingt soldats du train, m'aidaient à deviner toutes les péripéties du drame... Je voyais la frégate partant de Toulon dans la nuit... Elle sort du port. La mer est mauvaise, le vent terrible; mais on a pour capitaine un vaillant marin, et tout le monde est tranquille à bord...

Le matin, la brume de mer se lève. On commence à être inquiet. Tout l'équipage est en haut. Le capitaine ne quitte pas la dunette... Dans l'entrepont, où les soldats sont renfermés, il fait noir; l'atmosphère est chaude. Quelques-uns sont malades, couchés sur leurs sacs. Le navire tangue horriblement; impossible de se tenir debout. On cause assis à terre, par groupes, en se cramponnant aux bancs; il faut crier pour s'entendre. Il y en a qui commencent à avoir peur... Écoutez donc! les naufrages sont fréquents dans ces parages-ci; les tringlos sont là pour le dire, et ce qu'ils racontent n'est pas rassurant. Leur brigadier surtout, un Parisien qui blague toujours, vous donne la chair de poule avec ses plaisanteries :

— Un naufrage!... mais c'est très amusant, un naufrage. Nous en serons quittes pour un bain à la glace, et puis on nous mènera à Bonifacio, histoire de manger des merles chez le patron Lionetti.

Et les tringlos de rire...

Tout à coup un craquement... Qu'est-ce que c'est? Qu'arrive-t-il?...

— Le gouvernail vient de partir, dit un matelot tout mouillé qui traverse l'entrepont en courant.

— Bon voyage! crie cet enragé de brigadier; mais cela ne fait plus rire personne.

Grand tumulte sur le pont. La brume empêche de se voir. Les matelots vont et viennent, effrayés, à tâtons... Plus de gouvernail! La manœuvre est impossible... La *Sémillante,* en dérive, file comme le vent... C'est à ce moment que le douanier la voit passer; il est onze heures et demie. A l'avant de la frégate, on entend comme un coup de canon... Les brisants! les brisants!... C'est fini, il n'y a plus d'espoir, on va droit à la côte... Le capitaine descend dans sa cabine... Au bout d'un moment, il vient reprendre sa place sur la dunette — en grand costume... Il a voulu se faire beau pour mourir.

Dans l'entrepont, les soldats, anxieux, se regardent, sans rien dire... Les malades essaient de se redresser... Le petit brigadier ne rit plus... C'est alors que la porte s'ouvre et que l'aumônier paraît sur le seuil avec son étole :

— A genoux, mes enfants!

Tout le monde obéit. D'une voix retentissante, le prêtre commence la prière des agonisants.

Soudain un choc formidable, un cri, un seul cri, un cri immense, des bras tendus, des mains qui se cramponnent, des regards effarés où la vision de la mort passe comme un éclair...

Miséricorde!...

C'est ainsi que je passai toute la nuit à rêver, évoquant à dix ans de distance l'âme du pauvre navire dont les débris m'entouraient... Au loin, dans le détroit, la tempête faisait rage; la flamme du bivouac se courbait sous la rafale; et j'entendais notre barque danser au pied des roches en faisant crier son amarre.

LES DOUANIERS

Le bateau l'*Emilie,* de Porto-Vecchio, à bord duquel j'ai fait ce lugubre voyage aux îles Lavezzi, était une vieille embarcation de la douane, à demi pontée, où l'on n'avait pour s'abriter du vent, des lames, de la pluie, qu'un petit rouf goudronné, à peine assez large pour tenir une table et deux couchettes. Aussi il fallait voir nos matelots par le gros temps. Les figures ruisselaient, les vareuses trempées fumaient comme du linge à l'étuve, et en plein hiver les malheureux passaient ainsi des journées entières, même des nuits, accroupis sur leurs bancs mouillés, à grelotter dans cette humidité malsaine; car on ne pouvait pas allumer de feu à bord, et la rive était souvent difficile à atteindre... Eh bien, pas un de ces hommes ne se plaignait. Par les temps les plus rudes, je leur ai toujours vu la même placidité, la même bonne humeur. Et pourtant quelle triste vie que celle de ces matelots douaniers!

Presque tous mariés, ayant femme et enfants à terre, ils restent des mois dehors, à louvoyer sur ces côtes si dangereuses. Pour se nourrir, ils n'ont guère que du pain moisi et des oignons sauvages. Jamais de vin, jamais de viande, parce que la viande et le vin coûtent cher et qu'ils ne gagnent que cinq cents francs par an! Cinq cents francs par an! vous pensez si la hutte doit être noire là-bas à la *marine,* et si les enfants doivent aller pieds nus!... N'importe! Tous ces gens-là paraissent contents. Il y avait à l'arrière, devant le rouf, un grand baquet plein d'eau de pluie où l'équipage venait boire, et je me rappelle que, la dernière gorgée finie, chacun de ces pauvres diables secouait son gobelet avec un « Ah!... » de satisfaction, une expression de bien-être à la fois comique et attendrissante.

Le plus gai, le plus satisfait de tous, était un petit Bonifacien hâlé et trapu qu'on appelait Palombo. Celui-là ne faisait que chanter, même dans les plus gros temps. Quand la lame devenait lourde, quand le ciel assombri et bas se remplissait de grésil, et qu'on était là tous, le nez en l'air, la main sur l'écoute, à guetter le coup de vent qui allait venir, alors, dans le grand silence et l'anxiété du bord, la voix tranquille de Palombo commençait :

> Non, monseigneur,
> C'est trop d'honneur.
> Lisette est sa...age,
> Reste au villa...age...

Et la rafale avait beau souffler, faire gémir les agrès, secouer et inonder la barque, la chanson du douanier allait son train, balancée comme une mouette à la pointe des vagues. Quelquefois le vent accompagnait trop fort, on n'entendait plus les paroles; mais, entre chaque coup de mer, dans le ruissellement de l'eau qui s'égouttait, le petit refrain revenait toujours :

> Lisette est sa... age,
> Reste au villa... age...

Un jour, pourtant, qu'il ventait et pleuvait très fort, je ne l'entendis pas. C'était si extraordinaire, que je sortis la tête du rouf :

– Eh! Palombo, on ne chante donc plus?

Palombo ne répondit pas. Il était immobile, couché sous son banc. Je m'approchai de lui. Ses dents claquaient : tout son corps tremblait de fièvre.

– Il a une *pountoura,* me dirent ses camarades tristement.

Ce qu'ils appellent *pountoura,* c'est un point de côté, une pleurésie. Ce grand ciel plombé, cette barque ruisselante, ce pauvre fiévreux roulé dans un vieux manteau de caoutchouc qui luisait sous la pluie comme une peau de phoque, je n'ai jamais rien vu de plus lugubre. Bientôt le froid, le vent, la secousse des vagues, aggravèrent son mal. Le délire le prit; il fallut aborder.

Après beaucoup de temps et d'efforts, nous entrâmes

vers le soir dans un petit port aride et silencieux, qu'animait seulement le vol circulaire de quelques *gouailles*. Tout autour de la plage montaient de hautes roches escarpées, des maquis inextricables d'arbustes verts, d'un vert sombre, sans saison. En bas, au bord de l'eau, une petite maison blanche à volets gris : c'était le poste de la douane. Au milieu de ce désert, cette bâtisse de l'État, numérotée comme une casquette d'uniforme, avait quelque chose de sinistre. C'est là qu'on descendit le malheureux Palombo. Triste asile pour un malade ! Nous trouvâmes le douanier en train de manger au coin du feu avec sa femme et ses enfants. Tout ce monde-là vous avait des mines hâves, jaunes, des yeux agrandis, cerclés de fièvre. La mère, jeune encore, un nourrisson sur les bras, grelottait en nous parlant.

— C'est un poste terrible, me dit tout bas l'inspecteur. Nous sommes obligés de renouveler nos douaniers tous les deux ans. La fièvre de marais les mange...

Il s'agissait cependant de se procurer un médecin. Il n'y en avait pas avant Sartène, c'est-à-dire à six ou huit lieues de là. Comment faire ? Nos matelots n'en pouvaient plus ; c'était trop loin pour envoyer un des enfants. Alors la femme, se penchant dehors, appelant :

— Cecco !... Cecco !

Et nous vîmes entrer un grand gars bien découplé, vrai type de braconnier ou de *banditto,* avec son bonnet de laine brune et son *pelone* en poils de chèvre. En débarquant je l'avais déjà remarqué, assis devant la porte, sa pipe rouge aux dents, un fusil entre les jambes ; mais, je

ne sais pourquoi, il s'était enfui à notre approche. Peut-
être croyait-il que nous avions des gendarmes avec nous.
Quand il entra, la douanière rougit un peu.

– C'est mon cousin... nous dit-elle. Pas de danger que
celui-là se perde dans le maquis.

Puis elle lui parla tout bas, en montrant le malade.
L'homme s'inclina sans répondre, sortit, siffla son chien,
et le voilà parti, le fusil sur l'épaule, sautant de roche en
roche avec ses longues jambes.

Pendant ce temps-là les enfants, que la présence de
l'inspecteur semblait terrifier, finissaient vite leur dîner de
châtaignes et de *brucio* (fromage blanc). Et toujours de
l'eau, rien que de l'eau sur la table! Pourtant, c'eût été
bien bon, un coup de vin, pour ces petits. Ah! misère!
Enfin la mère monta les coucher; le père, allumant son
falot, alla inspecter la côte, et nous restâmes au coin du
feu à veiller notre malade qui s'agitait sur son grabat,
comme s'il était encore en pleine mer, secoué par les
lames. Pour calmer un peu sa *pountoura,* nous faisions
chauffer des galets, des briques qu'on lui posait sur le
côté. Une ou deux fois, quand je m'approchai de son lit,
le malheureux me reconnut, et, pour me remercier, me ten-
dit péniblement la main, une grosse main râpeuse et brû-
lante comme une de ces briques sorties du feu...

Triste veillée! Au-dehors, le mauvais temps avait repris
avec la tombée du jour, et c'était un fracas, un roulement,
un jaillissement d'écume, la bataille des roches et de l'eau.
De temps en temps, le coup de vent du large parvenait
à se glisser dans la baie et enveloppait notre maison. On

le sentait à la montée subite de la flamme qui éclairait tout
à coup les visages mornes des matelots, groupés autour
de la cheminée et regardant le feu avec cette placidité
d'expression que donne l'habitude des grandes étendues
et des horizons pareils. Parfois aussi, Palombo se plaignait doucement. Alors tous les yeux se tournaient vers
le coin obscur où le pauvre camarade était en train de
mourir, loin des siens, sans secours; les poitrines se gon-
flaient et l'on entendait de gros soupirs. C'est tout ce
qu'arrachait à ces ouvriers de la mer, patients et doux, le
sentiment de leur propre infortune. Pas de révoltes, pas
de grèves. Un soupir, et rien de plus!... Si, pourtant, je
me trompe. En passant devant moi pour jeter une bourrée
au feu, un d'eux me dit tout bas d'une voix navrée :

– Voyez-vous, monsieur... on a quelquefois beaucoup
du tourment dans notre métier!...

LE CURÉ DE CUCUGNAN

Tous les ans, à la Chandeleur, les poètes provençaux publient en Avignon un joyeux petit livre rempli jusqu'aux bords de beaux vers et de jolis contes. Celui de cette année m'arrive à l'instant, et j'y trouve un adorable fabliau que je vais essayer de vous traduire en l'abrégeant un peu... Parisiens, tendez vos mannes. C'est de la fine fleur de farine provençale qu'on va vous servir cette fois...

L'abbé Martin était curé... de Cucugnan.

Bon comme le pain, franc comme l'or, il aimait paternellement ses Cucugnanais; pour lui, son Cucugnan aurait été le paradis sur terre, si les Cucugnanais lui avaient donné un peu plus de satisfaction. Mais, hélas! les araignées filaient dans son confessionnal, et, le beau jour de

Pâques, les hosties restaient au fond de son saint-ciboire.
Le bon prêtre en avait le cœur meurtri, et toujours il
demandait à Dieu la grâce de ne pas mourir avant d'avoir
ramené au bercail son troupeau dispersé.

Or, vous allez voir que Dieu l'entendit.

Un dimanche, après l'Évangile, M. Martin monta en
chaire.

— Mes frères, dit-il, vous me croirez si vous voulez :
l'autre nuit, je me suis trouvé, moi misérable pécheur, à
la porte du paradis.

« Je frappai : saint Pierre m'ouvrit !

« — Tiens ! c'est vous, mon brave monsieur Martin, me
fit-il ; quel bon vent...? et qu'y a-t-il pour votre service?

« — Beau saint Pierre, vous qui tenez le grand livre et
la clef, pourriez-vous me dire, si je ne suis pas trop
curieux, combien vous avez de Cucugnanais en paradis?

« — Je n'ai rien à vous refuser, monsieur Martin;
asseyez-vous, nous allons voir la chose ensemble.

« Et saint Pierre prit son gros livre, l'ouvrit, mit ses
besicles :

« — Voyons un peu : Cucugnan, disons-nous. Cu...
Cu... Cucugnan. Nous y sommes. Cucugnan... Mon
brave monsieur Martin, la page est toute blanche. Pas une
âme... Pas plus de Cucugnanais que d'arêtes dans une
dinde.

« — Comment ! Personne de Cucugnan ici? Personne?
Ce n'est pas possible ! Regardez mieux...

« – Personne, saint homme. Regardez vous-même, si vous croyez que je plaisante.

« Moi, pécaïre! je frappais des pieds, et, les mains jointes, je criais miséricorde. Alors, saint Pierre :

« – Croyez-moi, monsieur Martin, il ne faut pas ainsi vous mettre le cœur à l'envers, car vous pourriez en avoir quelque mauvais coup de sang. Ce n'est pas votre faute, après tout. Vos Cucugnanais, voyez-vous, doivent faire à coup sûr leur petite quarantaine en purgatoire.

« – Ah! par charité, grand saint Pierre! faites que je puisse au moins les voir et les consoler.

« – Volontiers, mon ami... Tenez, chaussez vite ces sandales, car les chemins ne sont pas beaux de reste... Voilà qui est bien... Maintenant, cheminez droit devant vous. Voyez-vous là-bas, au fond, en tournant? Vous trouverez une porte d'argent toute constellée de croix noires... à main droite... Vous frapperez, on vous ouvrira... Adessias! Tenez-vous sain et gaillardet.

« Et je cheminai... je cheminai! Quelle battue! j'ai la chair de poule, rien que d'y songer. Un petit sentier, plein de ronces, d'escarboucles qui luisaient et de serpents qui sifflaient, m'amena jusqu'à la porte d'argent.

« – Pan! pan!

« – Qui frappe? me fait une voix rauque et dolente.

« – Le curé de Cucugnan.

« – De...?

« – De Cucugnan.

« – Ah!... Entrez.

« J'entrai. Un grand bel ange, avec des ailes sombres comme la nuit, avec une robe resplendissante comme le jour, avec une clef de diamant.pendue à sa ceinture, écrivait, cra-cra, dans un grand livre plus gros que celui de saint Pierre...

« – Finalement, que voulez-vous et que demandez-vous? dit l'ange.

« – Bel ange de Dieu, je veux savoir – je suis bien curieux peut-être – si vous avez ici les Cucugnanais.

« – Les?...

« – Les Cucugnanais, les gens de Cucugnan... que c'est moi qui suis leur prieur.

« – Ah! l'abbé Martin, n'est-ce pas?

« – Pour vous servir, monsieur l'ange.

« – Vous dites donc Cucugnan...

« Et l'ange ouvre et feuillette son grand livre, mouillant son doigt de salive pour que le feuillet glisse mieux...

« – Cucugnan, dit-il en poussant un long soupir... Monsieur Martin, nous n'avons en purgatoire personne de Cucugnan.

« – Jésus! Marie! Joseph! personne de Cucugnan en purgatoire! O grand Dieu! où sont-ils donc?

« – Eh! saint homme, ils sont en paradis. Où diantre voulez-vous qu'ils soient?

« – Mais j'en viens, du paradis...

« – Vous en venez!... Eh bien?

« – Eh bien! ils n'y sont pas!... Ah! bonne mère des anges!...

« – Que voulez-vous, monsieur le curé? s'ils ne sont ni en paradis ni en purgatoire, il n'y a pas de milieu, ils sont...

« – Sainte croix! Jésus, fils de David! Aï! aï! aï! est-il possible?... Serait-ce un mensonge du grand saint Pierre?... Pourtant je n'ai pas entendu chanter le coq!... Aï! pauvres nous! comment irai-je en paradis si mes Cucugnanais n'y sont pas?

« – Écoutez, mon pauvre monsieur Martin, puisque vous voulez, coûte que coûte, être sûr de tout ceci, et voir de vos yeux de quoi il retourne, prenez ce sentier, filez en courant, si vous savez courir... Vous trouverez, à gauche, un grand portail. Là, vous vous renseignerez sur tout. Dieu vous le donne!

« Et l'ange ferma la porte.

« C'était un long sentier tout pavé de braise rouge. Je chancelais comme si j'avais bu; à chaque pas, je trébuchais; j'étais tout en eau, chaque poil de mon corps avait sa goutte de sueur, et je haletais de soif... Mais, ma foi, grâce aux sandales que le bon saint Pierre m'avait prêtées, je ne me brûlai pas les pieds.

« Quand j'eus fait assez de faux pas clopin-clopant, je vis à ma main gauche une porte... non, un portail, un énorme portail, tout bâillant, comme la porte d'un grand four. Oh! mes enfants, quel spectacle! Là on ne demande pas mon nom; là, point de registre. Par fournées et à pleine porte, on entre là, mes frères, comme le dimanche vous entrez au cabaret.

« Je suais à grosses gouttes, et pourtant j'étais transi, j'avais le frisson. Mes cheveux se dressaient. Je sentais le brûlé, la chair rôtie, quelque chose comme l'odeur qui se répand dans notre Cucugnan quand Eloy, le maréchal, brûle pour la ferrer la botte d'un vieil âne. Je perdais haleine dans cet air puant et embrasé; j'entendais une clameur horrible, des gémissements, des hurlements et des jurements.

« – Eh bien! entres-tu ou n'entres-tu pas, toi? me fait, en me piquant de sa fourche, un démon cornu.

« – Moi? je n'entre pas. Je suis un ami de Dieu.

« – Tu es un ami de Dieu... Eh! b... de teigneux! que viens-tu faire ici?...

« – Je viens... Ah! ne m'en parlez pas, que je ne puis plus me tenir sur mes jambes... Je viens... Je viens de loin... humblement vous demander... si... si, par coup de hasard... vous n'auriez pas ici... quelqu'un... quelqu'un de Cucugnan...

« – Ah! feu de Dieu! tu fais la bête, toi, comme si tu ne savais pas que tout Cucugnan est ici. Tiens, laid corbeau, regarde, et tu verras comme nous les arrangeons ici, tes fameux Cucugnanais...

« Et je vis, au milieu d'un épouvantable tourbillon de flamme:

« Le long Coq-Galine – vous l'avez tous connu, mes frères – Coq-Galine, qui se grisait si souvent, et si souvent secouait les puces à sa pauvre Clairon.

« Je vis Catarinet... cette petite gueuse... avec son nez en l'air... qui couchait toute seule à la grange... Il vous en souvient, mes drôles !... Mais passons, j'en ai trop dit.

« Je vis Pascal Doigt-de-Poix, qui faisait son huile avec les olives de M. Julien.

« Je vis Babet la glaneuse, qui, en glanant, pour avoir plus vite noué sa gerbe, puisait à poignées aux gerbiers.

« Je vis maître Grapasi, qui huilait si bien la roue de sa brouette.

« Et Dauphine, qui vendait si cher l'eau de son puits.

« Et le Tortillard, qui, lorsqu'il me rencontrait portant le bon Dieu, filait son chemin, la barrette sur la tête et la pipe au bec... et fier comme Artaban... comme s'il avait rencontré un chien.

« Et Coulau avec sa Zette, et Jacques, et Pierre, et Toni... »

Ému, blême de peur, l'auditoire gémit, en voyant, dans l'enfer tout ouvert, qui son père et qui sa mère, qui sa grand-mère et qui sa sœur...

– Vous sentez bien, mes frères, reprit le bon abbé Martin, vous sentez bien que ceci ne peut pas durer. J'ai charge d'âmes, et je veux, je veux vous sauver de l'abîme où vous êtes tous en train de rouler tête première. Demain je me mets à l'ouvrage, pas plus tard que demain. Et l'ouvrage ne manquera pas! Voici comment je m'y prendrai. Pour que tout se fasse bien, il faut tout faire avec ordre. Nous irons rang par rang, comme à Jonquières quand on danse.

« Demain lundi, je confesserai les vieux et les vieilles. Ce n'est rien.

« Mardi, les enfants. J'aurai bientôt fait.

« Mercredi, les garçons et les filles. Cela pourra être long.

« Jeudi, les hommes. Nous couperons court.

« Vendredi, les femmes. Je dirai : Pas d'histoires!

« Samedi, le meunier!... Ce n'est pas trop d'un jour pour lui tout seul...

« Et, si dimanche nous avons fini, nous serons bien heureux.

« Voyez-vous, mes enfants, quand le blé est mûr, il faut le couper; quand le vin est tiré, il faut le boire. Voilà assez de linge sale, il s'agit de le laver, et de le bien laver.

« C'est la grâce que je vous souhaite. *Amen!* »

Ce qui fut dit fut fait. On coula la lessive.

Depuis ce dimanche mémorable, le parfum des vertus de Cucugnan se respire à dix lieues à l'entour.

Et le bon pasteur M. Martin, heureux et plein d'allégresse, a rêvé l'autre nuit que, suivi de tout son troupeau, il gravissait, en resplendissante procession, au milieu des cierges allumés, d'un nuage d'encens qui embaumait et des enfants de chœur qui chantaient *Te Deum,* le chemin éclairé de la cité de Dieu.

Et voilà l'histoire du curé de Cucugnan, telle que m'a ordonné de vous le dire ce grand gueusard de Roumanille, qui la tenait lui-même d'un autre bon compagnon.

LES VIEUX

— Une lettre, père Azan?

— Oui, monsieur... ça vient de Paris.

Il était tout fier que ça vînt de Paris, ce brave père Azan... Pas moi. Quelque chose me disait que cette Parisienne de la rue Jean-Jacques, tombant sur ma table à l'improviste et de si grand matin, allait me faire perdre toute ma journée. Je ne me trompais pas, voyez plutôt :

Il faut que tu me rendes un service, mon ami. Tu vas fermer ton moulin pour un jour et t'en aller tout de suite à Eyguières... Eyguières est un gros bourg à trois ou quatre lieues de chez toi — une promenade. En arrivant, tu demanderas le couvent des Orphelines. La première maison après le couvent est une maison basse à volets gris avec un jardinet derrière. Tu entreras sans frapper, la porte est toujours ouverte — et,

en entrant, tu crieras bien fort : « Bonjour, braves gens! Je
suis l'ami de Maurice... » Alors, tu verras deux petits vieux,
oh! mais vieux, vieux, archivieux, te tendre les bras du fond
de leurs grands fauteuils, et tu les embrasseras de ma part,
avec tout ton cœur, comme s'ils étaient à toi. Puis vous cause-
rez : ils te parleront de moi, rien que de moi; ils te raconteront
mille folies que tu écouteras sans rire... Tu ne riras pas,
hein?... Ce sont mes grands-parents, deux êtres dont je suis
toute la vie et qui ne m'ont pas vu depuis dix ans... Dix ans,
c'est long! Mais que veux-tu? moi, Paris me tient; eux, c'est
le grand âge... Ils sont si vieux, s'ils venaient me voir, ils se
casseraient en route... Heureusement, tu es là-bas, mon cher
meunier, et, en t'embrassant, les pauvres gens croiront m'em-
brasser un peu moi-même... Je leur ai si souvent parlé de nous
et de cette bonne amitié dont...

Le diable soit de l'amitié! Justement ce matin-là il faisait un temps admirable, mais qui ne valait rien pour courir les routes : trop de mistral et trop de soleil, une vraie
journée de Provence. Quand cette maudite lettre arriva,
j'avais déjà choisi mon *cagnard* (abri) entre deux roches,
et je rêvais de rester là tout le jour, comme un lézard, à
boire de la lumière, en écoutant chanter les pins... Enfin,
que voulez-vous faire? Je fermai le moulin en maugréant,
je mis la clef sous la chatière. Mon bâton, ma pipe, et
me voilà parti.

J'arrivai à Eyguières vers deux heures. Le village était
désert, tout le monde aux champs. Dans les ormes du
cours, blancs de poussière, les cigales chantaient comme

en pleine Crau. Il y avait bien sur la place de la mairie un âne qui prenait le soleil, un vol de pigeons sur la fontaine de l'église; mais personne pour m'indiquer l'orphelinat. Par bonheur une vieille fée m'apparut tout à coup, accroupie et filant dans l'encoignure de sa porte; je lui dis ce que je cherchais; et comme cette fée était très puissante, elle n'eut qu'à lever sa quenouille : aussitôt le couvent des Orphelines se dressa devant moi comme par magie... C'était une grande maison maussade et noire, toute fière de montrer au-dessus de son portail en ogive une vieille croix de grès rouge avec un peu de latin autour. A côté de cette maison, j'en aperçus une autre plus petite. Des volets gris, le jardin derrière... Je la reconnus tout de suite, et j'entrai sans frapper.

Je reverrai toute ma vie ce long corridor frais et calme, la muraille peinte en rose, le jardinet qui tremblait au fond à travers un sorte de couleur claire, et sur tous les panneaux des fleurs et des violons fanés. Il me semblait que j'arrivais chez quelque vieux bailli du temps de Sedaine... Au bout du couloir, sur la gauche, par une porte entrouverte on entendait le tic-tac d'une grosse horloge et une voix d'enfant, mais d'enfant à l'école, qui lisait en s'arrêtant à chaque syllabe : A... LORS... SAINT... I... RÉ... NÉE... S'É... CRI... A... JE... SUIS... LE... FRO... MENT... DU... SEIGNEUR... IL... FAUT... QUE... JE... SOIS... MOU... LU... PAR... LA... DENT... DE... CES... A... NI... MAUX... Je m'approchai doucement de cette porte et je regardai...

Dans le calme et le demi-jour d'une petite chambre, un

bon vieux à pommettes roses, ridé jusqu'au bout des
doigts, dormait au fond d'un fauteuil, la bouche ouverte,
les mains sur ses genoux. A ses pieds, une fillette habillée
de bleu – grande pèlerine et petit béguin, le costume des
orphelines – lisait la Vie de saint Irénée dans un livre
plus gros qu'elle... Cette lecture miraculeuse avait opéré
sur toute la maison. Le vieux dormait dans son fauteuil,
les mouches au plafond, les canaris dans leur cage, là-bas
sur la fenêtre. La grosse horloge ronflait, tic-tac, tic-tac.
Il n'y avait d'éveillé dans toute la chambre qu'une grande
bande de lumière qui tombait droite et blanche entre les
volets clos, pleine d'étincelles vivantes et de valses microscopiques... Au milieu de l'assoupissement général,
l'enfant continuait sa lecture d'un air grave : AUS... SI...
TOT... DEUX... LIONS... SE... PRÉ... CI... PI...
TÈ... RENT... SUR... LUI... ET... LE... DÉ... VO...
RÈ... RENT... C'est à ce moment que j'entrai... Les lions
de saint Irénée se précipitant dans la chambre n'y auraient
pas produit plus de stupeur que moi. Un vrai coup de
théâtre! La petite pousse un cri, le gros livre tombe, les
canaris, les mouches se réveillent, la pendule sonne, le
vieux se dresse en sursaut, tout effaré, et moi-même, un
peu troublé, je m'arrête sur le seuil en criant bien fort :

– Bonjour, braves gens! je suis l'ami de Maurice.

Oh! alors, si vous l'aviez vu, le pauvre vieux, si vous
l'aviez vu venir vers moi les bras tendus, m'embrasser,
me serrer les mains, courir égaré dans la chambre, en
faisant :

– Mon Dieu! mon Dieu!...

Toutes les rides de son visage riaient. Il était rouge.
Il bégayait :

— Ah! monsieur... ah! monsieur...

Puis il allait vers le fond en appelant :

— Mamette!

Une porte qui s'ouvre, un trot de souris dans le couloir... C'était Mamette. Rien de joli comme cette petite
vieille avec son bonnet à coque, sa robe carmélite, et son
mouchoir brodé qu'elle tenait à la main pour me faire
honneur, à l'ancienne mode... Chose attendrissante! ils se
ressemblaient. Avec un tour et des coques jaunes, il aurait
pu s'appeler Mamette, lui aussi. Seulement la vraie
Mamette avait dû beaucoup pleurer dans sa vie, et elle
était encore plus ridée que l'autre. Comme l'autre aussi,
elle avait près d'elle une enfant de l'orphelinat, petite
garde en pèlerine bleue, qui ne la quittait jamais; et de
voir ces vieillards protégés par ces orphelines, c'était ce
qu'on peut imaginer de plus touchant.

En entrant, Mamette avait commencé par me faire une
grande révérence, mais d'un mot le vieux lui coupa sa
révérence en deux :

— C'est l'ami de Maurice...

Aussitôt la voilà qui tremble, qui pleure, perd son mouchoir, qui devient rouge, toute rouge, encore plus rouge
que lui... Ces vieux! ça n'a qu'une goutte de sang dans
les veines, et à la moindre émotion elle leur saute au
visage...

— Vite, vite, une chaise... dit la vieille à sa petite.

— Ouvre les volets... crie le vieux à la sienne.

Et, me prenant chacun par une main, ils m'emmenèrent
en trottinant jusqu'à la fenêtre, qu'on a ouverte toute
grande pour mieux me voir. On approche les fauteuils,
je m'installe entre les deux sur un pliant, les petites bleues
derrière nous, et l'interrogatoire commence :

— Comment va-t-il? Qu'est-ce qu'il fait? Pourquoi ne
vient-il pas? Est-ce qu'il est content?...

Et patati! et patata! Comme cela pendant des heures.

Moi, je répondais de mon mieux à toutes leurs ques-
tions, donnant sur mon ami les détails que je savais, in-
ventant effrontément ceux que je ne savais pas, me gardant surtout d'avouer que je n'avais jamais remarqué si
ses fenêtres fermaient bien ou de quelle couleur était le
papier de sa chambre.

— Le papier de sa chambre!... Il est bleu, madame,
bleu clair, avec des guirlandes...

— Vraiment? faisait la pauvre vieille attendrie; et elle
ajoutait en se tournant vers son mari : C'est un si brave
enfant!

— Oh! oui, c'est un brave enfant! reprenait l'autre avec
enthousiasme.

Et, tout le temps que je parlais, c'étaient entre eux des
hochements de tête, de petits rires fins, des clignements
d'yeux, des airs entendus, ou bien encore le vieux qui se
rapprochait pour me dire :

— Parlez plus fort... Elle a l'oreille un peu dure.

Et elle de son côté :

— Un peu plus haut, je vous prie!... Il n'entend pas très
bien...

Alors j'élevais la voix; et tous deux me remerciaient d'un sourire; et dans ces sourires fanés qui se penchaient vers moi, cherchant jusqu'au fond de mes yeux l'image de leur Maurice, moi, j'étais tout ému de la retrouver cette image, vague, voilée, presque insaisissable, comme si je voyais mon ami me sourire, très loin, dans un brouillard.

Tout à coup le vieux se dresse sur son fauteuil :

– Mais j'y pense, Mamette..., il n'a peut-être pas déjeuné !

Et Mamette, effarée, les bras au ciel :

– Pas déjeuné !... Grand Dieu !

Je croyais qu'il s'agissait encore de Maurice, et j'allais répondre que ce brave enfant n'attendait jamais plus tard que midi pour se mettre à table. Mais non, c'était bien de moi qu'on parlait; et il faut voir quel branle-bas quand j'avouai que j'étais encore à jeun :

– Vite le couvert, petites bleues ! La table au milieu de la chambre, la nappe du dimanche, les assiettes à fleurs. Et ne rions pas tant, s'il vous plaît ! et dépêchons-nous...

Je crois bien qu'elles se dépêchaient. A peine le temps de casser trois assiettes le déjeuner se trouva servi.

– Un bon petit déjeuner ! me disait Mamette en me conduisant à table; seulement vous serez tout seul... Nous autres, nous avons déjà mangé ce matin.

Ces pauvres vieux ! à quelque heure qu'on les prenne, ils ont toujours mangé le matin.

Le bon petit déjeuner de Mamette, c'était deux doigts de lait, des dattes et une *barquette,* quelque chose comme un échaudé; de quoi la nourrir elle et ses canaris au moins pendant huit jours... Et dire qu'à moi seul je vins à bout de toutes ces provisions!... Aussi quelle indignation autour de la table! Comme les petites bleues chuchotaient en se poussant du coude, et là-bas, au fond de leur cage, comme les canaris avaient l'air de se dire : « Oh! ce monsieur qui mange toute la *barquette!* »

Je la mangeai toute, en effet, et presque sans m'en apercevoir, occupé que j'étais à regarder autour de moi dans cette chambre claire et paisible où flottait comme une odeur de choses anciennes... Il y avait surtout deux petits lits dont je ne pouvais pas détacher mes yeux. Ces lits, presque deux berceaux, je me les figurais le matin, au petit jour, quand ils sont encore enfouis sous leurs grands rideaux à franges. Trois heures sonnent. C'est l'heure où tous les vieux se réveillent :

— Tu dors, Mamette?

— Non, mon ami.

— N'est-ce pas que Maurice est un brave enfant?

— Oh! oui, c'est un brave enfant.

Et j'imaginais comme cela toute une causerie, rien que pour avoir vu ces deux petits lits de vieux, dressés l'un à côté de l'autre...

Pendant ce temps, un drame terrible se passait à l'autre bout de la chambre, devant l'armoire. Il s'agissait d'atteindre là-haut, sur le dernier rayon, certain bocal de cerises à l'eau-de-vie qui attendait Maurice depuis dix ans et dont on voulait me faire l'ouverture. Malgré les supplications de Mamette, le vieux avait tenu à aller chercher ses cerises lui-même; et, monté sur une chaise au grand effroi de sa femme, il essayait d'arriver là-haut... Vous voyez le tableau d'ici, le vieux qui tremble et qui se hisse, les petites bleues cramponnées à sa chaise, Mamette derrière lui haletante, les bras tendus, et sur tout cela un léger parfum de bergamote qui s'exhale de l'armoire ouverte et des grandes piles de linge roux... C'était charmant.

Enfin, après bien des efforts, on parvint à le tirer de l'armoire, ce fameux bocal, et avec lui une vieille timbale d'argent toute bosselée, la timbale de Maurice quand il était petit. On me la remplit de cerises jusqu'au bord, Maurice les aimait tant, les cerises! Et, tout en me servant, le vieux me disait à l'oreille d'un air de gourmandise :

— Vous êtes bien heureux, vous, de pouvoir en manger!... C'est ma femme qui les a faites... Vous allez goûter quelque chose de bon.

Hélas! sa femme les avait faites, mais elle avait oublié de les sucrer. Que voulez-vous? on devient distrait en vieillissant. Elles étaient atroces, vos cerises, ma pauvre Mamette... Mais cela ne m'empêcha pas de les manger jusqu'au bout, sans sourciller.

Le repas terminé, je me levai pour prendre congé de mes hôtes. Ils auraient bien voulu me garder encore un peu pour causer du brave enfant, mais le jour baissait, le moulin était loin, il fallait partir.

Le vieux s'était levé en même temps que moi.

— Mamette, mon habit!... Je veux le conduire jusqu'à la place.

Bien sûr qu'au fond d'elle-même Mamette trouvait qu'il faisait déjà un peu frais pour me conduire jusqu'à la place; mais elle n'en laissa rien paraître. Seulement, pendant qu'elle l'aidait à passer les manches de son habit, un bel habit tabac d'Espagne à boutons de nacre, j'entendais la chère créature qui lui disait doucement :

— Tu ne rentreras pas trop tard, n'est-ce pas?

Et lui, d'un petit air malin :

— Hé! hé!... je ne sais pas... peut-être...

Là-dessus, ils se regardaient en riant, et les petites bleues riaient de les voir rire, et dans leur coin les canaris riaient aussi à leur manière... Entre nous, je crois que l'odeur des cerises les avait tous un peu grisés.

... La nuit tombait, quand nous sortîmes, le grand-père et moi. La petite bleue nous suivait de loin pour le ramener; mais lui ne la voyait pas, et il était tout fier de marcher à mon bras, comme un homme. Mamette, rayonnante, voyait cela du pas de sa porte, et elle avait en nous regardant de jolis hochements de tête qui semblaient dire : « Tout de même, mon pauvre homme!... il marche encore. »

BALLADES EN PROSE

En ouvrant ma porte ce matin, il y avait autour de mon moulin un grand tapis de gelée blanche. L'herbe luisait et craquait comme du verre; toute la colline grelottait... Pour un jour ma chère Provence s'était déguisée en pays du Nord; et c'est parmi les pins frangés de givre, les touffes de lavandes épanouies en bouquets de cristal, que j'ai écrit ces deux ballades d'une fantaisie un peu germanique, pendant que la gelée m'envoyait ses étincelles blanches, et que là-haut, dans le ciel clair, de grands triangles de cigognes venues du pays de Henri Heine descendaient vers la Camargue en criant : « Il fait froid... froid... froid. »

I

LA MORT DU DAUPHIN

Le petit Dauphin est malade, le petit Dauphin va mourir... Dans toutes les églises du royaume, le Saint-Sacrement demeure exposé nuit et jour et de grands cierges brûlent pour la guérison de l'enfant royal. Les rues de la vieille résidence sont tristes et silencieuses, les cloches ne sonnent plus, les voitures vont au pas... Aux abords du palais, les bourgeois curieux regardent, à travers les grilles, des suisses à bedaines dorées qui causent dans les cours d'un air important.

Tout le château est en émoi... Des chambellans, des majordomes, montent et descendent en courant les escaliers de marbre... Les galeries sont pleines de pages et de courtisans en habits de soie qui vont d'un groupe à l'autre quêter des nouvelles à voix basse... Sur les larges perrons, les dames d'honneur éplorées se font de grandes révérences en essuyant leurs yeux avec de jolis mouchoirs brodés.

Dans l'Orangerie, il y a nombreuse assemblée de médecins en robe. On les voit, à travers les vitres, agiter leurs longues manches noires et incliner doctoralement leurs perruques à marteaux... Le gouverneur et l'écuyer du petit Dauphin se promènent devant la porte, attendant les décisions de la Faculté. Des marmitons passent à côté d'eux sans les saluer. M. l'écuyer jure comme un païen, M. le gouverneur récite des vers d'Horace... Et pendant ce temps-là, là-bas, du côté des écuries, on entend un long hennissement plaintif. C'est l'alezan du petit Dauphin que les palefreniers oublient et qui appelle tristement devant sa mangeoire vide.

Et le roi? Où est monseigneur le roi?... Le roi s'est enfermé tout seul dans une chambre, au bout du château... Les majestés n'aiment pas qu'on les voie pleurer... Pour la reine, c'est autre chose... Assise au chevet du petit Dauphin, elle a son beau visage baigné de larmes, et sanglote bien haut devant tous, comme ferait une drapière.

Dans sa couchette de dentelles, le petit Dauphin, plus blanc que les coussins sur lesquels il est étendu, repose, les yeux fermés. On croit qu'il dort; mais non. Le petit Dauphin ne dort pas... Il se retourne vers sa mère, et, voyant qu'elle pleure, il lui dit :

— Madame la reine, pourquoi pleurez-vous? Est-ce que vous croyez bonnement que je m'en vas mourir?

La reine veut répondre. Les sanglots l'empêchent de parler.

— Ne pleurez donc pas, madame la reine; vous oubliez que je suis le Dauphin, et que les Dauphins ne peuvent pas mourir ainsi...

La reine sanglote encore plus fort, et le petit Dauphin commence à s'effrayer.

— Holà, dit-il, je ne veux pas que la mort vienne me prendre, et je saurai bien l'empêcher d'arriver jusqu'ici...

Qu'on fasse venir sur l'heure quarante lansquenets très forts pour monter la garde autour de notre lit!... Que cent gros canons veillent nuit et jour, mèche allumée, sous nos fenêtres! Et malheur à la mort, si elle ose s'approcher de nous!...

Pour complaire à l'enfant royal, la reine fait un signe. Sur l'heure, on entend les gros canons qui roulent dans la cour; et quarante grands lansquenets, la pertuisane au poing, viennent se ranger autour de la chambre. Ce sont de vieux soudards à moustaches grises. Le petit Dauphin bat des mains en les voyant. Il en reconnaît un et l'appelle :

– Lorrain! Lorrain!

Le soudard fait un pas vers le lit :

– Je t'aime bien, mon vieux Lorrain... Fais voir un peu ton grand sabre... Si la mort veut me prendre, il faudra la tuer, n'est-ce pas?

Lorrain répond :

– Oui, monseigneur...

Et il a deux grosses larmes qui coulent sur ses joues tannées.

A ce moment, l'aumônier s'approche du petit Dauphin et lui parle longtemps à voix basse en lui montrant un crucifix. Le petit Dauphin l'écoute d'un air fort étonné, puis tout à coup l'interrompant :

– Je comprends bien ce que vous me dites, monsieur l'abbé; mais enfin est-ce que mon petit ami Beppo ne pourrait pas mourir à ma place, en lui donnant beaucoup d'argent?

L'aumônier continue à lui parler à voix basse, et le petit Dauphin a l'air de plus en plus étonné.

Quand l'aumônier a fini, le petit Dauphin reprend avec un gros soupir :

— Tout ce que vous me dites là est bien triste, monsieur l'abbé ; mais une chose me console, c'est que là-haut, dans le paradis des étoiles, je vais être encore le Dauphin... Je sais que le bon Dieu est mon cousin et ne peut pas manquer de me traiter selon mon rang.

Puis il ajoute, en se tournant vers sa mère :

— Qu'on m'apporte mes plus beaux habits, mon pourpoint d'hermine blanche et mes escarpins de velours ! Je veux me faire brave pour les anges et entrer au paradis en costume de Dauphin.

Une troisième fois, l'aumônier se penche vers le petit Dauphin et lui parle longuement à voix basse... Au milieu de son discours, l'enfant royal l'interrompt avec colère :

— Mais alors, crie-t-il, d'être Dauphin, ce n'est rien du tout !

Et, sans vouloir plus rien entendre, le petit Dauphin se tourne vers la muraille, et il pleure amèrement.

II

LE SOUS-PRÉFET AUX CHAMPS

M. le sous-préfet est en tournée. Cocher devant,

laquais derrière, la calèche de la sous-préfecture l'emporte majestueusement au concours régional de la Combe-aux-Fées. Pour cette journée mémorable, M. le sous-préfet a mis son bel habit brodé, son petit claque, sa culotte collante à bandes d'argent et son épée de gala à poignée de nacre... Sur ses genoux repose une grande serviette en chagrin gaufré qu'il regarde tristement.

M. le sous-préfet regarde tristement sa serviette en chagrin gaufré; il songe au fameux discours qu'il va falloir prononcer tout à l'heure devant les habitants de la Combe-aux-Fées :

— Messieurs et chers administrés...

Mais il a beau tortiller la soie blonde de ses favoris et répéter vingt fois de suite :

— Messieurs et chers administrés... la suite du discours ne vient pas.

La suite du discours ne vient pas... Il fait si chaud dans cette calèche!... A perte de vue, la route de la Combe-aux-Fées poudroie sous le soleil du Midi... L'air est embrasé... et sur les ormeaux du bord du chemin, tout couverts de poussière blanche, des milliers de cigales se répondent d'un arbre à l'autre... Tout à coup M. le sous-préfet tressaille. Là-bas, au pied d'un coteau, il vient d'apercevoir un petit bois de chênes verts qui semble lui faire signe.

Le petit bois de chênes verts semble lui faire signe :

— Venez donc par ici, monsieur le sous-préfet; pour composer votre discours, vous serez beaucoup mieux sous mes arbres...

M. le sous-préfet est séduit; il saute à bas de sa calèche, et dit à ses gens de l'attendre, qu'il va composer son discours dans le petit bois de chênes verts.

Dans le petit bois de chênes verts il y a des oiseaux, des violettes, et des sources sous l'herbe fine... Quand ils ont aperçu M. le sous-préfet avec sa belle culotte et sa serviette en chagrin gaufré, les oiseaux ont eu peur et se sont arrêtés de chanter, les sources n'ont plus osé faire de bruit, et les violettes se sont cachées dans le gazon... Tout ce petit monde-là n'a jamais vu de sous-préfet, et se demande à voix basse quel est ce beau seigneur qui se promène en culotte d'argent.

A voix basse, sous la feuillée, on se demande quel est ce beau seigneur en culotte d'argent... Pendant ce temps-là, M. le sous-préfet, ravi du silence et de la fraîcheur du bois, relève les pans de son habit, pose son claque sur l'herbe et s'assied dans la mousse au pied d'un jeune chêne; puis il ouvre sur ses genoux sa grande serviette de chagrin gaufré et en tire une large feuille de papier ministre.

— C'est un artiste! dit la fauvette.

— Non, dit le bouvreuil, ce n'est pas un artiste, puisqu'il a une culotte en argent; c'est plutôt un prince.

— C'est plutôt un prince, dit le bouvreuil.

— Ni un artiste, ni un prince, interrompt un vieux rossignol, qui a chanté toute une saison dans les jardins de la sous-préfecture... Je sais ce que c'est : c'est un sous-préfet!

Et tout le petit bois va chuchotant :

— C'est un sous-préfet! c'est un sous-préfet!

— Comme il est chauve! remarque une alouette à grande huppe.

Les violettes demandent :

— Est-ce que c'est méchant?

— Est-ce que c'est méchant? demandent les violettes.

Le vieux rossignol répond :

— Pas du tout!

Et sur cette assurance, les oiseaux se remettent à chanter, les sources à courir, les violettes à embaumer, comme si le monsieur n'était pas là... Impossible au milieu de tout ce joli tapage, M. le sous-préfet invoque dans son cœur la Muse des comices agricoles, et, le crayon levé, commence à déclamer de sa voix de cérémonie :

— Messieurs et chers administrés...

— Messieurs et chers administrés, dit le sous-préfet de sa voix de cérémonie...

Un éclat de rire l'interrompt; il se retourne et ne voit rien qu'un gros pivert qui le regarde en riant, perché sur son claque. Le sous-préfet hausse les épaules et veut continuer son discours; mais le pivert l'interrompt encore et lui crie de loin :

— A quoi bon?

— Comment! à quoi bon? dit le sous-préfet, qui devient tout rouge; et, chassant d'un geste cette bête effrontée, il reprend de plus belle :

— Messieurs et chers administrés...

— Messieurs et chers administrés..., a repris le sous-préfet de plus belle.

Mais alors, voilà les petites violettes qui se haussent vers lui sur le bout de leurs tiges et qui lui disent doucement :

— Monsieur le sous-préfet, sentez-vous comme nous sentons bon?

Et les sources lui font sous la mousse une musique divine; et dans les branches, au-dessus de sa tête, des tas de fauvettes viennent lui chanter leurs plus jolis airs; et tout le petit bois conspire pour l'empêcher de composer son discours.

Tout le petit bois conspire pour l'empêcher de composer son discours... M. le sous-préfet, grisé de parfums, ivre de musique, essaie vainement de résister au nouveau charme qui l'envahit. Il s'accoude sur l'herbe, dégrafe son bel habit, balbutie encore deux ou trois fois :

— Messieurs et chers administrés... Messieurs et chers admi... Messieurs et chers...

Puis il envoie les administrés au diable; et la Muse des comices agricoles n'a plus qu'à se voiler la face.

Voile-toi la face, ô Muse des comices agricoles!... Lorsque, au bout d'une heure, les gens de la sous-préfecture, inquiets de leur maître, sont entrés dans le petit bois, ils ont vu un spectacle qui les a fait reculer d'horreur... M. le sous-préfet était couché sur le ventre, dans l'herbe, débraillé comme un bohème. Il avait mis son habit bas... ; et, tout en mâchonnant des violettes, M. le sous-préfet faisait des vers.

LE PORTEFEUILLE DE BIXIOU

Un matin du mois d'octobre, quelques jours avant de quitter Paris, je vis arriver chez moi – pendant que je déjeunais – un vieil homme en habit râpé, cagneux, crotté, l'échine basse, grelottant sur ses longues jambes comme un échassier déplumé. C'était Bixiou. Oui, Parisiens, votre Bixiou, le féroce et charmant Bixiou, ce railleur enragé qui vous a tant réjouis depuis quinze ans avec ses pamphlets et ses caricatures... Ah! le malheureux, quelle détresse! Sans une grimace qu'il fit en entrant, jamais je ne l'aurais reconnu.

La tête inclinée sur l'épaule, sa canne aux dents comme une clarinette, l'illustre et lugubre farceur s'avança jusqu'au milieu de la chambre et vint se jeter contre ma table en disant d'une voix dolente :

– Ayez pitié d'un pauvre aveugle!...

C'était si bien imité que je ne pus m'empêcher de rire. Mais lui, très froidement :

– Vous croyez que je plaisante... regardez mes yeux.

Et il tourna vers moi deux grandes prunelles blanches sans regard.

– Je suis aveugle, mon cher, aveugle pour la vie... Voilà ce que c'est que d'écrire avec du vitriol. Je me suis brûlé les yeux à ce joli métier; mais là, brûlé à fond... jusqu'aux bobèches! ajouta-t-il en me montrant ses paupières calcinées où ne restait plus l'ombre d'un cil.

J'étais si ému que je ne trouvai rien à lui dire. Mon silence l'inquiéta.

– Vous travaillez?

– Non, Bixiou, je déjeune. Voulez-vous en faire autant?

Il ne répondit pas, mais au frémissement de ses narines, je vis bien qu'il mourait d'envie d'accepter. Je le pris par la main, et je le fis asseoir près de moi.

Pendant qu'on le servait, le pauvre diable flairait la table avec un petit rire :

– Ça a l'air bon tout ça. Je vais me régaler; il y a si longtemps que je ne déjeune plus! Un pain d'un sou tous les matins, en courant les ministères... car, vous savez, je cours les ministères, maintenant; c'est ma seule profession. J'essaie d'accrocher un bureau de tabac... Qu'est-ce que vous voulez? il faut qu'on mange à la maison. Je ne peux plus dessiner; je ne peux plus écrire... Dicter?... Mais quoi?... Je n'ai rien dans la tête, moi; je n'invente rien. Mon métier, c'était de voir les grimaces de Paris et de les faire; à présent il n'y a plus moyen... Alors j'ai pensé à un bureau de tabac; pas sur les boulevards, bien entendu. Je n'ai pas droit à cette faveur, n'étant ni mère de danseuse, ni veuve d'officier supérieur. Non! simplement un petit bureau de province, quelque part bien loin, dans un coin des Vosges. J'aurai une forte pipe en porcelaine; je m'appellerai Hans ou Zébédé, comme dans Erckmann-Chatrian, et je me consolerai de ne plus écrire en faisant des cornets de tabac avec les œuvres de mes contemporains.

« Voilà tout ce que je demande. Pas grand-chose, n'est-ce pas?... Eh bien, c'est le diable pour y arriver... Pourtant les protections ne devraient pas me manquer. J'étais très lancé autrefois. Je dînais chez le maréchal, chez le prince, chez les ministres; tous ces gens-là voulaient m'avoir parce que je les amusais ou qu'ils avaient peur de moi. A présent, je ne fais plus peur à personne. O mes yeux! mes pauvres yeux! Et l'on ne m'invite nulle part. C'est si triste une tête d'aveugle à table... Passez-moi le pain, je vous prie... Ah! les bandits! ils me l'auront fait payer cher ce malheureux bureau de tabac. Depuis six mois, je me promène dans tous les ministères avec ma pétition. J'arrive le matin, à l'heure où l'on allume les poêles et où l'on fait faire un tour aux chevaux de Son Excellence sur le sable de la cour; je ne m'en vais qu'à la nuit, quand on apporte les grosses lampes et que les cuisines commencent à sentir bon...

« Toute ma vie se passe sur les coffres à bois des antichambres. Aussi les huissiers me connaissent, allez!

A l'Intérieur, ils m'appellent : « Ce bon monsieur ! » Et moi, pour gagner leur protection, je fais des calembours, ou je dessine d'un trait sur un coin de leurs buvards de grosses moustaches qui les font rire... Voilà où j'en suis arrivé après vingt ans de succès tapageurs, voilà la fin d'une vie d'artiste !... Et dire qu'ils sont en France quarante mille galopins à qui notre profession fait venir l'eau à la bouche ! Dire qu'il y a tous les jours, dans les départements, une locomotive qui chauffe pour nous apporter des panerées d'imbéciles affamés de littérature et de bruit imprimé !... Ah ! province romanesque, si la misère de Bixiou pouvait te servir de leçon ! »

Là-dessus il se fourra le nez dans son assiette et se mit à manger avidement, sans dire un mot... C'était pitié de le voir faire. A chaque minute, il perdait son pain, sa fourchette, tâtonnait pour trouver son verre... Pauvre homme ! il n'avait pas encore l'habitude.

Au bout d'un moment, il reprit :

— Savez-vous ce qu'il y a encore de plus horrible pour moi ? C'est de ne plus pouvoir lire mes journaux. Il faut être du métier pour comprendre cela... Quelquefois le soir, en rentrant, j'en achète un, rien que pour sentir cette odeur de papier humide et de nouvelles fraîches... C'est si bon ! et personne pour me les lire ! Ma femme pourrait bien, mais elle ne veut pas : elle prétend qu'on trouve dans les faits divers des choses qui ne sont pas convenables... Ah ! ces anciennes maîtresses, une fois mariées, il n'y a pas plus bégueules qu'elles. Depuis que j'en ai fait Mme Bixiou, celle-là s'est crue obligée de devenir bigote, mais à un point!... Est-ce qu'elle ne voulait pas me faire frictionner les yeux avec l'eau de la Salette! Et puis, le pain bénit, les quêtes, la Sainte-Enfance, les petits Chinois, que sais-je encore?... Nous sommes dans les bonnes œuvres jusqu'au cou... Ce serait cependant une bonne œuvre de me lire mes journaux. Eh bien, non, elle ne veut pas... Si ma fille était chez nous, elle me les lirait, elle; mais, depuis que je suis aveugle, je l'ai fait entrer à Notre-Dame-des-Arts, pour avoir une bouche de moins à nourrir...

« Encore une qui me donne de l'agrément, celle-là! Il n'y a pas neuf ans qu'elle est au monde, elle a déjà eu toutes les maladies... Et triste! et laide! plus laide que moi, si c'est possible... un monstre!... Que voulez-vous? je n'ai jamais su faire que des charges... Ah çà, mais je suis bon, moi, de vous raconter mes histoires de famille. Qu'est-ce que cela peut vous faire à vous?... Allons, donnez-moi encore un peu de cette eau-de-vie. Il faut que je me mette en train. En sortant d'ici je vais à l'Instruction publique, et les huissiers n'y sont pas faciles à dérider. C'est tous d'anciens professeurs.

Je lui versai son eau-de-vie. Il commença à la déguster par petites fois, d'un air attendri... Tout à coup, je ne sais quelle fantaisie le piquant, il se leva, son verre à la main, promena un instant autour de lui sa tête de vipère aveugle, avec le sourire aimable du monsieur qui va parler, puis d'une voix stridente, comme pour haranguer un banquet de deux cents couverts :

– Aux arts! Aux lettres! A la presse!

Et le voilà parti sur un toast de dix minutes, la plus folle et la plus merveilleuse improvisation qui soit jamais sortie de cette cervelle de pitre.

Figurez-vous une revue de fin d'année intitulée : le *Pavé des lettres en 186* ; nos assemblées soi-disant littéraires, nos papotages, nos querelles, toutes les cocasseries d'un monde excentrique, fumier d'encre, enfer sans grandeur, où l'on s'égorge, où l'on s'étripe, où l'on se détrousse, où l'on parle intérêts et gros sous bien plus que chez les bourgeois, ce qui n'empêche pas qu'on y meure de faim plus qu'ailleurs; toutes nos lâchetés, toutes nos misères; le vieux baron T... de la Tombola s'en allant faire « Gna... gna... gna... » aux Tuileries avec sa sébile et son habit barbeau; puis nos morts de l'année, les enterrements à réclames, l'oraison funèbre de monsieur le délégué toujours la même : « Cher et regretté! pauvre cher! » à un malheureux dont on refuse de payer la tombe; et ceux qui se sont suicidés, et ceux qui sont devenus fous; figurez-vous tout cela, raconté, détaillé, gesticulé par un grimacier de génie, vous aurez alors une idée de ce que fut l'improvisation de Bixiou.

Son toast fini, son verre bu, il me demanda l'heure et s'en alla, d'un air farouche, sans me dire adieu... J'ignore comment les huissiers de M. Duruy se trouvèrent de sa visite ce matin-là ; mais je sais bien que jamais de ma vie je ne me suis senti si triste, si mal en train qu'après le départ de ce terrible aveugle. Mon encrier m'écœurait, ma plume me faisait horreur. J'aurais voulu m'en aller loin, courir, voir des arbres, sentir quelque chose de bon... Quelle haine, grand Dieu ! que de fiel ! quel besoin de baver, sur tout, de tout salir ! Ah ! le misérable...

Et j'arpentais ma chambre avec fureur, croyant toujours entendre le ricanement de dégoût qu'il avait eu en me parlant de sa fille.

Tout à coup, près de la chaise où l'aveugle s'était assis, je sentis quelque chose rouler sous mon pied. En me baissant, je reconnus son portefeuille, un gros portefeuille luisant, à coins cassés, qui ne le quitte jamais et qu'il appelle en riant sa poche à venin. Cette poche, dans notre monde, était aussi renommée que les fameux cartons de M. de Girardin. On disait qu'il y avait des choses terribles là-dedans... L'occasion se présentait belle pour m'en assurer. Le vieux portefeuille, trop gonflé, s'était crevé en tombant, et tous les papiers avaient roulé sur le tapis ; il me fallut les ramasser l'un après l'autre...

Un paquet de lettres écrites sur du papier à fleurs, commençant toutes : *Mon cher papa,* et signées : *Céline Bixiou des Enfants de Marie.*

D'anciennes ordonnances pour des maladies d'enfants : croup, convulsions, scarlatine, rougeole... (la pauvre petite n'en avait pas échappé une !)

Enfin une grande enveloppe cachetée d'où sortaient, comme d'un bonnet de fillette, deux ou trois crins jaunes tout frisés; et sur l'enveloppe, en grosse écriture tremblée, une écriture d'aveugle :

Cheveux de Céline, coupés le 13 mai, le jour de son entrée là-bas.

Voilà ce qu'il y avait dans le portefeuille de Bixiou.

Allons, Parisiens, vous êtes tous les mêmes. Le dégoût, l'ironie, un rire infernal, des blagues féroces, et puis pour finir : ... *Cheveux de Céline coupés le 13 mai.*

LA LÉGENDE DE L'HOMME
A LA CERVELLE D'OR

(texte de la page précédente partiellement visible en filigrane)

A LA DAME QUI DEMANDE DES HISTOIRES GAIES

En lisant votre lettre, madame, j'ai eu comme un remords. Je m'en suis voulu de la couleur un peu trop demi-deuil de mes historiettes, et je m'étais promis de vous offrir aujourd'hui quelque chose de joyeux, de follement joyeux.

Pourquoi serais-je triste, après tout? Je vis à mille lieues des brouillards parisiens, sur une colline lumineuse, dans le pays des tambourins et du vin muscat. Autour de chez moi tout n'est que soleil et musique; j'ai des orchestres de culs-blancs, des orphéons de mésanges; le matin, les courlis qui font : « Coureli! coureli! » à midi, les cigales, puis les pâtres qui jouent du fifre, et les belles filles brunes qu'on entend rire dans les vignes... En vérité, l'endroit est mal choisi pour broyer du noir; je devrais plutôt expédier aux dames des poèmes couleur de rose et des pleins paniers de contes galants.

Eh bien, non! je suis encore trop près de Paris. Tous les jours, jusque dans mes pins il m'envoie les éclaboussures de ses tristesses... A l'heure même où j'écris ces lignes, je viens d'apprendre la mort misérable du pauvre Charles Barbara; et mon moulin en est tout en deuil. Adieu les courlis et les cigales! Je n'ai plus le cœur à rien de gai... Voilà pourquoi, madame, au lieu du joli conte badin que je m'étais promis de vous faire, vous n'aurez encore aujourd'hui qu'une légende mélancolique.

Il était une fois un homme qui avait une cervelle d'or; oui, madame, une cervelle toute en or. Lorsqu'il vint au monde, les médecins pensaient que cet enfant ne vivrait pas, tant sa tête était lourde et son crâne démesuré. Il vécut cependant et grandit au soleil comme un beau plant d'olivier; seulement sa grosse tête l'entraînait toujours, et c'était pitié de le voir se cogner à tous les meubles en marchant... Il tombait souvent. Un jour, il roula du haut d'un perron et vint donner du front contre un degré de marbre, où son crâne sonna comme un lingot. On le crut mort; mais, en le relevant, on ne lui trouva qu'une légère blessure, avec deux ou trois gouttelettes d'or caillées dans ses cheveux blonds. C'est ainsi que les parents apprirent que l'enfant avait une cervelle en or.

La chose fut tenue secrète; le pauvre petit lui-même ne

se douta de rien. De temps en temps, il demandait pourquoi on ne le laissait plus courir devant la porte avec les
garçonnets de la rue.

— On vous volerait, mon beau trésor! lui répondait sa
mère...

Alors le petit avait grand-peur d'être volé; il retournait
jouer tout seul, sans rien dire, et se trimbalait lourdement
d'une salle à l'autre...

A dix-huit ans seulement, ses parents lui révélèrent le
don monstrueux qu'il tenait du destin; et, comme ils
l'avaient élevé et nourri jusque-là, ils lui demandèrent en
retour un peu de son or. L'enfant n'hésita pas; sur l'heure
même — comment? par quels moyens? la légende ne l'a
pas dit — il s'arracha du crâne un morceau d'or massif,
un morceau gros comme une noix, qu'il jeta fièrement sur
les genoux de sa mère... Puis tout ébloui des richesses qu'il
portait dans la tête, fou de désirs, ivre de sa puissance,
il quitta la maison paternelle et s'en alla par le monde en
gaspillant son trésor.

Du train dont il menait sa vie, royalement, et semant
l'or sans compter, on aurait dit que sa cervelle était inépuisable... Elle s'épuisait cependant, et à mesure on pouvait voir les yeux s'éteindre, la joue devenir plus creuse.
Un jour enfin, au matin d'une débauche folle, le malheureux, resté seul parmi les débris du festin et les lustres qui
pâlissaient, s'épouvanta de l'énorme brèche qu'il avait
déjà faite à son lingot; il était temps de s'arrêter.

Dès lors, ce fut une existence nouvelle. L'homme à la cervelle d'or s'en alla vivre, à l'écart, du travail de ses mains, soupçonneux et craintif comme un avare, fuyant les tentations, tâchant d'oublier lui-même ces fatales richesses auxquelles il ne voulait plus toucher... Par malheur, un ami l'avait suivi dans sa solitude, et cet ami connaissait son secret.

Une nuit, le pauvre homme fut réveillé en sursaut par une douleur à la tête, une effroyable douleur; il se dressa éperdu, et vit, dans un rayon de lune, l'ami qui fuyait en cachant quelque chose sous son manteau...

Encore un peu de cervelle qu'on lui emportait!...

A quelque temps de là, l'homme à la cervelle d'or devint amoureux, et cette fois tout fut fini... Il aimait du meilleur de son âme une petite femme blonde, qui l'aimait bien aussi, mais qui préférait encore les pompons, les plumes blanches et les jolis glands mordorés battant le long des bottines.

Entre les mains de cette mignonne créature – moitié oiseau, moitié poupée – les piécettes d'or fondaient que c'était un plaisir. Elle avait tous les caprices; et lui ne savait jamais dire non; même, de peur de la peiner, il lui cacha jusqu'au bout le triste secret de sa fortune.

– Nous sommes donc bien riches? disait-elle.

Le pauvre homme répondait :

– Oh! oui... bien riches!

Et il souriait avec amour au petit oiseau bleu qui lui mangeait le crâne innocemment. Quelquefois cependant la peur le prenait, il avait des envies d'être avare; mais alors la petite femme venait vers lui en sautillant, et lui disait :

— Mon mari, qui êtes si riche! achetez-moi quelque chose de bien cher...

Et il lui achetait quelque chose de bien cher.

Cela dura ainsi pendant deux ans; puis, un matin, la petite femme mourut, sans qu'on sût pourquoi, comme un oiseau... Le trésor touchait à sa fin; avec ce qui lui en restait, le veuf fit faire à sa chère morte un bel enterrement. Cloches à toute volée, lourds carrosses tendus de noir, chevaux empanachés, larmes d'argent dans le velours, rien ne lui parut trop beau. Que lui importait son or maintenant?... Il en donna pour l'église, pour les porteurs, pour les revendeuses d'immortelles; il en donna partout, sans marchander... Aussi, en sortant du cimetière, il ne lui restait presque plus rien de cette cervelle merveilleuse, à peine quelques parcelles aux parois du crâne.

Alors on le vit s'en aller dans les rues, l'air égaré, les mains en avant, trébuchant comme un homme ivre. Le soir, à l'heure où les bazars s'illuminent, il s'arrêta devant une large vitrine dans laquelle tout un fouillis d'étoiles et de parures reluisait aux lumières, et resta longtemps à regarder deux bottines de satin bleu bordées de duvet de cygne. « Je sais quelqu'un à qui ces bottines feraient bien plaisir », se disait-il en souriant; et, ne se souvenant déjà plus que la petite femme était morte, il entra pour les acheter.

Du fond de son arrière-boutique, la marchande entendit un grand cri; elle accourut et recula de peur en voyant un homme debout, qui s'accotait au comptoir et la regardait douloureusement d'un air hébété. Il tenait d'une main les bottines bleues à bordure de cygne, et présentait l'autre main toute sanglante, avec des raclures d'or au bout des ongles.

Telle est, madame, la légende de l'homme à la cervelle d'or.

Malgré ses airs de conte fantastique, cette légende est vraie d'un bout à l'autre... Il y a par le monde de pauvres gens qui sont condamnés à vivre de leur cerveau, et paient en bel or fin, avec leur moelle et leur substance, les moindres choses de la vie. C'est pour eux une douleur de chaque jour; et puis, quand ils sont las de souffrir...

LE POÈTE MISTRAL

Dimanche dernier, en me levant, j'ai cru me réveiller rue du Faubourg-Montmartre. Il pleuvait, le ciel était gris, le moulin triste. J'ai eu peur de passer chez moi cette froide journée de pluie, et tout de suite l'envie m'est venue d'aller me réchauffer un brin auprès de Frédéric Mistral, ce grand poète qui vit à trois lieues de mes pins, dans son petit village de Maillane.

Sitôt pensé, sitôt parti : une trique en bois de myrte, mon Montaigne, une couverture, et en route !

Personne aux champs... Notre belle Provence catholique laisse la terre se reposer le dimanche... Les chiens seuls au logis, les fermes closes... De loin en loin, une charrette de roulier avec sa bâche ruisselante, une vieille encapuchonnée dans sa mante feuille-morte, des mules en tenue de gala, housse de sparterie bleue et blanche, pom-

pons rouges, grelots d'argent – emportant au petit trot
toute une carriole de gens de *mas* qui vont à la messe;
puis, là-bas, à travers la brume, une barque sur la *roubine*
et un pêcheur debout qui lance son épervier...

Pas moyen de lire en route ce jour-là. La pluie tombait
par torrents, et la tramontane vous la jetait à pleins seaux
dans la figure... Je fis le chemin tout d'une haleine, et
enfin, après trois heures de marche, j'aperçus devant moi
les petits bois de cyprès au milieu desquels le pays de
Maillane s'abrite de peur du vent.

Pas un chat dans les rues du village; tout le monde était
à la grand-messe. Quand je passai devant l'église, le ser-
pent ronflait, et je vis les cierges reluire à travers les vitres
de couleur.

Le logis du poète est à l'extrémité du pays; c'est la dernière maison à main gauche, sur la route de Saint-Remy
– une maisonnette à un étage avec un jardin devant...
J'entre doucement... Personne! La porte du salon est fermée, mais j'entends derrière quelqu'un qui marche et qui
parle à haute voix... Ce pas et cette voix me sont bien
connus... Je m'arrête un moment dans le petit couloir
peint à la chaux, la main sur le bouton de la porte, très
ému. Le cœur me bat. – Il est là. Il travaille... Faut-il
attendre que la strophe soit finie?... Ma foi! tant pis,
entrons.

Ah! Parisiens, lorsque le poète de Maillane est venu
chez vous montrer Paris à sa Mireille, et que vous l'avez

vu dans vos salons, ce Chactas en habit de ville, avec un col droit et un grand chapeau qui le gênait autant que sa gloire, vous avez cru que c'était là Mistral... Non, ce n'était pas lui. Il n'y a qu'un Mistral au monde, celui que j'ai surpris dimanche dernier dans son village, le chaperon de feutre sur l'oreille, sans gilet, en jaquette, sa rouge taillole catalane autour des reins, l'œil allumé, le feu de l'inspiration aux pommettes, superbe avec un bon sourire, élégant comme un pâtre grec, et marchant à grands pas, les mains dans ses poches, en faisant des vers...

— Comment! c'est toi? cria Mistral en me sautant au cou; la bonne idée que tu as eue de venir!... Tout juste aujourd'hui, c'est la fête de Maillane. Nous avons la musique d'Avignon, les taureaux, la procession, la farandole, ce sera magnifique... La mère va rentrer de la messe; nous déjeunons, et puis, zou! nous allons voir danser les jolies filles...

Pendant qu'il me parlait, je regardais avec émotion ce petit salon à tapisserie claire, que je n'avais pas vu depuis si longtemps, et où j'ai passé déjà de si belles heures. Rien n'était changé. Toujours le canapé à carreaux jaunes, les deux fauteuils de paille, la Vénus sans bras et la Vénus d'Arles sur la cheminée, le portrait du poète par Hébert, sa photographie par Etienne Carjat, et, dans un coin, près de la fenêtre, le bureau – un pauvre petit bureau de receveur d'enregistrement – tout chargé de vieux bouquins et de dictionnaires. Au milieu de ce bureau, j'aperçus un gros cahier ouvert... C'était *Calendal,* le nouveau poème de Frédéric Mistral, qui doit paraître à la fin de cette année le jour de Noël. Ce poème, Mistral y travaille depuis sept ans, et voilà près de six mois qu'il en a écrit le dernier vers; pourtant, il n'ose s'en séparer encore. Vous comprenez, on a toujours une strophe à polir, une rime plus sonore à trouver... Mistral a beau écrire en provençal, il travaille ses vers comme si tout le monde devait les lire dans la langue et lui tenir compte de ses efforts de bon ouvrier... Oh! le brave poète, et que c'est bien Mistral dont Montaigne aurait pu dire : *Souvienne-vous de celuy à qui, comme on demandoit à quoy faire il se peinoit si fort en un art qui ne pouvoit venir à la cognoissance de guère des gens,* « *J'en ay assez de peu, répondit-il. J'en ay assez d'un. J'en ay assez de pas un.* »

Je tenais le cahier de *Calendal* entre mes mains, et je le feuilletais, plein d'émotion... Tout à coup une musique de fifres et de tambourins éclate dans la rue, devant la fenêtre, et voilà mon Mistral qui court à l'armoire, en tire des verres, des bouteilles, traîne la table au milieu du salon, et ouvre la porte aux musiciens en me disant :

— Ne ris pas... Ils viennent me donner l'aubade... je suis conseiller municipal.

La petite pièce se remplit de monde. On pose les tambourins sur les chaises, la vieille bannière dans un coin; et le vin cuit circule. Puis quand on a vidé quelques bouteilles à la santé de M. Frédéric, qu'on a causé gravement de la fête, si la farandole sera aussi belle que l'an dernier, si les taureaux se comporteront bien, les musiciens se retirent et vont donner l'aubade chez les autres conseillers. A ce moment, la mère de Mistral arrive.

En un tour de main la table est dressée : un beau linge blanc et deux couverts. Je connais les usages de la maison ; je sais que lorsque Mistral a du monde, sa mère ne se met pas à table... La pauvre vieille femme ne connaît que son provençal et se sentirait mal à l'aise pour causer avec des Français... D'ailleurs, on a besoin d'elle à la cuisine.

Dieu ! le joli repas que j'ai fait ce matin-là : – un morceau de chevreau rôti, du fromage de montagne, de la confiture de moût, des figues, des raisins muscats. Le tout arrosé de ce bon château-neuf des papes qui a une si belle couleur rose dans les verres...

Au dessert, je vais chercher le cahier de poèmes, et je l'apporte sur la table devant Mistral.

– Nous avions dit que nous sortirions, fait le poète en souriant.

– Non ! non !... *Calendal ! Calendal !*

Mistral se résigne, et de sa voix musicale et douce, en battant la mesure de ses vers avec la main, il entame le premier chant : – *D'une fille folle d'amour, – à présent que j'ai dit la triste aventure, – je chanterai, si Dieu veut, un enfant de Cassis, – un pauvre petit pêcheur d'anchois...*

Au-dehors, les cloches sonnaient les vêpres, les pétards éclataient sur la place, les fifres passaient et repassaient dans les rues avec les tambourins. Les taureaux de Camargue, qu'on menait courir, mugissaient.

Moi, les coudes sur la nappe, des larmes dans les yeux, j'écoutais l'histoire du petit pêcheur provençal.

Calendal n'était qu'un pêcheur; l'amour en fait un héros... Pour gagner le cœur de sa mie – la belle Estérelle – il entreprend des choses miraculeuses, et les douze travaux d'Hercule ne sont rien à côté des siens.

Une fois, s'étant mis en tête d'être riche, il a inventé de formidables engins de pêche, et ramène au port tout le poisson de la mer. Une autre fois, c'est un terrible bandit des gorges d'Ollioules, le comte Sévéran, qu'il va relancer jusque dans son aire, parmi ses coupe-jarrets et ses concubines... Quel rude gars que ce petit Calendal! Un jour, à la Sainte-Baume, il rencontre deux partis de compagnons venus là pour vider leur querelle à grands coups de compas sur la tombe de maître Jacques, un Provençal qui a fait la charpente du temple de Salomon, s'il vous plaît. Calendal se jette au milieu de la tuerie, et apaise les compagnons en leur parlant...

Des entreprises surhumaines!... Il y avait là-haut, dans les rochers de Lure, une forêt de cèdres inaccessibles, où jamais bûcheron n'osa monter. Calendal y va, lui. Il s'y installe tout seul pendant trente jours. Pendant trente jours, on entend le bruit de sa hache qui sonne en s'enfonçant dans les troncs. La forêt crie; l'un après l'autre, les vieux arbres géants tombent et roulent au fond des abîmes et, quand Calendal redescend, il ne reste plus un cèdre sur la montagne.

Enfin, en récompense de tant d'exploits, le pêcheur d'anchois obtient l'amour d'Estérelle, et il est nommé

consul par les habitants de Cassis. Voilà l'histoire de
Calendal... Mais qu'importe Calendal ? Ce qu'il y a avant
tout dans le poème, c'est la Provence – la Provence de
la mer, la Provence de la montagne – avec son histoire,
ses mœurs, ses légendes, ses paysages, tout un peuple naïf
et libre qui a trouvé son grand poète avant de mourir...
Et maintenant, tracez des chemins de fer, plantez des
poteaux à télégraphes, chassez la langue provençale des
écoles ! La Provence vivra éternellement dans *Mireille* et
dans *Calendal*.

– Assez de poésie ! dit Mistral en fermant son cahier.
Il faut aller voir la fête.

Nous sortîmes ; tout le village était dans les rues ; un
grand coup de bise avait balayé le ciel, et le ciel reluisait
joyeusement sur les toits rouges mouillés de pluie. Nous
arrivâmes à temps pour voir rentrer la procession. Ce fut
pendant une heure un interminable défilé de pénitents en
cagoule, pénitents blancs, pénitents bleus, pénitents gris,
confréries de filles voilées, bannières roses à fleurs d'or,
grands saints de bois dédorés portés à quatre épaules,
saintes de faïence coloriées comme des idoles avec des
gros bouquets à la main, chapes, ostensoirs, dais de
velours vert, crucifix encadrés de soie blanche, tout cela
ondulant au vent dans la lumière des cierges et du soleil,
au milieu des psaumes, des litanies, et des cloches qui sonnaient à toute volée.

La procession finie, les saints remisés dans leurs chapelles, nous allâmes voir les taureaux, puis les jeux sur l'aire,
les luttes d'hommes, les trois sauts, l'étrangle-chat, le jeu

de l'outre, et tout le joli train des fêtes de Provence... La nuit tombait quand nous rentrâmes à Maillane. Sur la place, devant le petit café où Mistral va faire, le soir, sa partie avec son ami Zidore, on avait allumé un grand feu de joie... La farandole s'organisait. Des lanternes de papier découpé s'allumaient partout dans l'ombre; la jeunesse prenait place; et bientôt, sur un appel des tambourins, commença autour de la flamme une ronde folle, bruyante, qui devait durer toute la nuit.

Après souper, trop las pour courir encore, nous montâmes dans la chambre de Mistral. C'est une modeste chambre de paysan, avec deux grands lits. Les murs n'ont pas de papier; les solives du plafond se voient... Il y a quatre ans, lorsque l'Académie donna à l'auteur de *Mireille* le prix de trois mille francs, Mme Mistral eut une idée.

— Si nous faisions tapisser et plafonner ta chambre? dit-elle à son fils.

— Non! non! répondit Mistral... Ça c'est l'argent des poètes, on n'y touche pas.

Et la chambre est restée toute nue; mais tant que l'argent des poètes a duré, ceux qui ont frappé chez Mistral ont toujours trouvé sa bourse ouverte...

J'avais emporté le cahier de *Calendal* dans la chambre, et je voulus m'en faire lire encore un passage avant de m'endormir. Mistral choisit l'épisode des faïences. Le voici en quelques mots :

C'est dans un grand repas je ne sais où. On apporte

sur la table un magnifique service en faïence de Mous-
tiers. Au fond de chaque assiette, dessiné en bleu dans
l'émail, il y a un sujet provençal; toute l'histoire du pays
tient là-dedans. Aussi il faut voir avec quel amour
sont décrites ces belles faïences; une strophe pour
chaque assiette, autant de petits poèmes d'un travail
naïf et savant, achevés comme un tableautin de
Théocrite.

Tandis que Mistral me disait ses vers dans cette belle
langue provençale, plus qu'aux trois quarts latine, que les
reines ont parlée autrefois et que maintenant nos pâtres
seuls comprennent, j'admirais cet homme au-dedans de
moi, et, songeant à l'état de ruine où il a trouvé sa langue
maternelle et ce qu'il en a fait, je me figurais un de ces
vieux palais des princes des Baux comme on en voit dans
les Alpilles : plus de toits, plus de balustres aux perrons,
plus de vitraux aux fenêtres, le trèfle des ogives cassé, le
blason des portes mangé de mousse, des poules picorant
dans la cour d'honneur, des porcs vautrés sous les fines
colonnettes des galeries, l'âne broutant dans la chapelle
où l'herbe pousse, des pigeons venant boire aux grands
bénitiers remplis d'eau de pluie, et enfin, parmi ces
décombres, deux ou trois familles de paysans qui se sont
bâti des huttes dans les flancs du vieux palais.

Puis, voilà qu'un beau jour le fils d'un de ces paysans
s'éprend de ces grandes ruines et s'indigne de les voir
profanées; vite, vite, il chasse le bétail hors de la cour
d'honneur; et, les fées lui venant en aide, à lui tout
seul il reconstruit le grand escalier, remet des boise-

ries aux murs, des vitraux aux fenêtres, relève les tours, redore la salle du trône, et met sur pied le vaste palais d'autre temps, où logèrent des papes et des impératrices.

Ce palais restauré, c'est la langue provençale.

Ce fils de paysan, c'est Mistral.

LES TROIS MESSES BASSES

CONTE DE NOËL

I

— Deux dindes truffées, Garrigou?...

— Oui, mon révérend, deux dindes magnifiques bourrées de truffes. J'en sais quelque chose, puisque c'est moi qui ai aidé à les remplir. On aurait dit que leur peau allait craquer en rôtissant, tellement elle était tendue...

— Jésus-Maria! moi qui aime tant les truffes!... Donne-moi vite mon surplis, Garrigou... Et avec les dindes, qu'est-ce que tu as encore aperçu à la cuisine?...

— Oh! toutes sortes de bonnes choses... Depuis midi nous n'avons fait que plumer des faisans, des huppes, des gelinottes, des coqs de bruyère. La plume en volait partout... Puis de l'étang on a apporté des anguilles, des carpes dorées, des truites, des...

— Grosses comment, les truites, Garrigou?

— Grosses comme ça, mon révérend... Enormes!...

— Oh! Dieu! il me semble que je les vois... As-tu mis le vin dans les burettes?

— Oui, mon révérend, j'ai mis le vin dans les burettes... Mais dame! il ne vaut pas celui que vous boirez tout à l'heure en sortant de la messe de minuit. Si vous voyiez cela dans la salle à manger du château, toutes ces carafes qui flambent pleines de vins de toutes les couleurs... Et la vaisselle d'argent, les surtouts ciselés, les fleurs, les candélabres!... Jamais il ne se sera vu un réveillon pareil. Monsieur le marquis a invité tous les seigneurs du voisinage. Vous serez au moins quarante à table, sans compter le bailli ni le tabellion... Ah! vous êtes bien heureux d'en être, mon révérend!... Rien que d'avoir flairé ces belles dindes, l'odeur des truffes me suit partout... Meuh!...

— Allons, allons, mon enfant. Gardons-nous du péché de gourmandise, surtout la nuit de la Nativité... Va bien vite allumer les cierges et sonner le premier coup de la messe; car voilà que minuit est proche, et il ne faut pas nous mettre en retard...

Cette conversation se tenait une nuit de Noël de l'an de grâce mil six cent et tant, entre le révérend dom Balaguère, ancien prieur des Barnabites, présentement chapelain gagé des sires de Trinquelage, et son petit clerc Garrigou, ou du moins ce qu'il croyait être le petit clerc Gar-

rigou, car vous saurez que le diable, ce soir-là, avait pris
la face ronde et les traits indécis du jeune sacristain pour
mieux induire le révérend père en tentation et lui faire
commettre un épouvantable péché de gourmandise.
Donc, pendant que le soi-disant Garrigou (hum! hum!)
faisait à tour de bras carillonner les cloches de la chapelle
seigneuriale, le révérend achevait de revêtir sa chasuble
dans la petite sacristie du château; et, l'esprit déjà troublé
par toutes ces descriptions gastronomiques, il se répétait
à lui-même en s'habillant :

– Des dindes rôties... des carpes dorées... des truites
grosses comme ça!...

Dehors, le vent de la nuit soufflait en éparpillant la
musique des cloches, et, à mesure, des lumières apparaissaient dans l'ombre aux flancs du mont Ventoux, en haut
duquel s'élevaient les vieilles tours de Trinquelage.
C'étaient des familles de métayers qui venaient entendre
la messe de minuit au château. Ils grimpaient la côte en
chantant par groupes de cinq ou six, le père en avant, la
lanterne à la main, les femmes enveloppées dans leurs
grandes mantes brunes où les enfants se serraient et s'abri-
taient. Malgré l'heure et le froid, tout ce brave peuple
marchait allégrement, soutenu par l'idée qu'au sortir de
la messe il y aurait, comme tous les ans, table mise pour
eux en bas dans les cuisines. De temps en temps, sur la
rude montée, le carrosse d'un seigneur, précédé de porteurs de torches, faisait miroiter ses glaces au clair de lune,
ou bien une mule trottait en agitant ses sonnailles, et à
la lueur des falots enveloppés de brume, les métayers

reconnaissaient leur bailli et le saluaient au passage :

— Bonsoir, bonsoir, maître Arnoton!

— Bonsoir, bonsoir, mes enfants!

La nuit était claire, les étoiles avivées de froid; la bise piquait, et un fin grésil, glissant sur les vêtements sans les mouiller, gardait fidèlement la tradition des Noëls blancs de neige. Tout en haut de la côte, le château apparaissait comme le but, avec sa masse énorme de tours, de pignons, le clocher de sa chapelle montant dans le ciel bleu-noir, et une foule de petites lumières qui clignotaient, allaient, venaient, s'agitaient à toutes les fenêtres, et ressemblaient, sur le fond sombre du bâtiment, aux étincelles courant dans des cendres de papier brûlé... Passé le pont-levis et la poterne, il fallait, pour se rendre à la chapelle, traverser la première cour, pleine de carrosses, de valets, de chaises à porteurs, toute claire du feu des torches et de la flambée des cuisines. On entendait le tintement des tournebroches, le fracas des casseroles, le choc des cristaux et de l'argenterie remués dans les apprêts d'un repas; par là-dessus, une vapeur tiède, qui sentait bon les chairs rôties et les herbes fortes des sauces compliquées, faisait dire aux métayers comme au chapelain, comme au bailli, comme à tout le monde :

— Quel bon réveillon nous allons faire après la messe!

II

Drelindin din!... Drelindin din!...

C'est la messe de minuit qui commence. Dans la chapelle du château, une cathédrale en miniature, aux arceaux entrecroisés, aux boiseries de chêne, montant jusqu'à hauteur des murs, les tapisseries ont été tendues, tous les cierges allumés. Et que de monde! Et que de toilettes! Voici d'abord, assis dans les stalles sculptées qui entourent le chœur, le sire de Trinquelage, en habit de taffetas saumon, et près de lui tous les nobles seigneurs invités. En face, sur des prie-Dieu garnis de velours, ont pris place la vieille marquise douairière dans sa robe de brocart couleur de feu et la jeune dame de Trinquelage, coiffée d'une haute tour de dentelle gaufrée à la dernière mode de la cour de France. Plus bas on voit, vêtus de noir avec de vastes perruques en pointe et des visages rasés, le bailli Thomas Arnoton et le tabellion maître Ambroy, deux notes graves parmi les soies voyantes et les damas brochés. Puis viennent les gras majordomes, les pages, les piqueurs, les intendants, dame Barbe, toutes ses clefs pendues sur le côté à un clavier d'argent fin. Au fond, sur les bancs, c'est le bas office, les servantes, les métayers avec leurs familles; et enfin, là-bas, tout contre la porte qu'ils entrouvrent et referment discrètement, messieurs les marmitons qui viennent entre deux sauces prendre un petit air de messe et apporter une odeur de réveillon dans l'église toute en fête et tiède de tant de cierges allumés.

Est-ce la vue de ces petites barrettes blanches qui donne des distractions à l'officiant? Ne serait-ce pas plutôt la sonnette de Garrigou, cette enragée petite sonnette qui s'agite au pied de l'autel avec une précipitation infernale et semble dire tout le temps :

— Dépêchons-nous, dépêchons-nous... Plus tôt nous aurons fini, plus tôt nous serons à table.

Le fait est que chaque fois qu'elle tinte, cette sonnette du diable, le chapelain oublie sa messe et ne pense plus qu'au réveillon. Il se figure les cuisiniers en rumeur, les fourneaux où brûle un feu de forge, la buée qui monte des couvercles entrouverts, et dans cette buée deux dindes magnifiques, bourrées, tendues, marbrées de truffes...

Ou bien encore il voit passer des files de pages portant des plats enveloppés de vapeurs tentantes, et avec eux il entre dans la grande salle déjà prête pour le festin. O délices! voilà l'immense table toute chargée et flamboyante, les paons habillés de leurs plumes, les faisans écartant leurs ailes mordorées, les flacons couleur de rubis, les pyramides de fruits éclatants parmi les branches vertes, et ces merveilleux poissons dont parlait Garrigou (ah! bien oui, Garrigou!) étalés sur un lit de fenouil, l'écaille nacrée comme s'ils sortaient de l'eau, avec un bouquet d'herbes odorantes dans leurs narines de monstres. Si vive est la vision de ces merveilles, qu'il semble à dom Balaguère que tous ces plats mirifiques sont servis devant lui sur les broderies de la nappe d'autel, et deux ou trois fois, au lieu de *Dominus vobiscum!* il se surprend à dire le *Benedicite.* A part ces légères méprises, le digne homme débite son office très consciencieusement, sans passer une ligne, sans omettre une génuflexion; et tout marche assez bien jusqu'à la fin de la première messe; car vous savez que le jour de Noël le même officiant doit célébrer trois messes consécutives.

— Et d'une! se dit le chapelain avec un soupir de soulagement; puis, sans perdre une minute, il fait signe à son clerc ou celui qu'il croit être son clerc, et...

Drelindin din!... Drelindin din!

C'est la seconde messe qui commence, et avec elle commence aussi le péché de dom Balaguère.

— Vite, vite, dépêchons-nous, lui crie de sa petite voix aigrelette la sonnette de Garrigou, et cette fois le malheureux officiant, tout abandonné au démon de gourmandise, se rue sur le missel et dévore les pages avec l'avidité de son appétit en surexcitation. Frénétiquement il se baisse, se relève, esquisse les signes de croix, les génuflexions, raccourcit tous ses gestes pour avoir plus tôt fini. A peine s'il étend ses bras à l'Evangile, s'il frappe sa poitrine au *Confiteor*. Entre le clerc et lui c'est à qui bredouillera le plus vite. Versets et répons se précipitent, se bousculent. Les mots à moitié prononcés, sans ouvrir la bouche, ce qui prendrait trop de temps, s'achèvent en murmures incompréhensibles.

Oremus ps... ps... ps...

Mea culpa... pa... pa...

Pareils à des vendangeurs pressés foulant le raisin de la cuve, tous deux barbotent dans le latin de la messe, en envoyant des éclaboussures de tous les côtés.

Dom... scum!... dit Balaguère.

... *Stutuo!...* répond Garrigou; et tout le temps la damnée petite sonnette est là qui tinte à leurs oreilles, comme ces grelots qu'on met aux chevaux de poste pour les faire galoper à la grande vitesse. Pensez que de ce train-là une messe basse est vite expédiée.

— Et de deux! dit le chapelain tout essoufflé; puis sans prendre le temps de respirer, rouge, suant, il dégringole les marches de l'autel et...

Drelindin din!... Drelindin din!...

C'est la troisième messe qui commence. Il n'y a plus que quelques pas à faire pour arriver à la salle à manger; mais, hélas! à mesure que le réveillon approche, l'infortuné Balaguère se sent pris d'une folie d'impatience et de gourmandise. Sa vision s'accentue, les carpes dorées, les dindes rôties, sont là, là... Il les touche...; il les... Oh! Dieu!... Les plats fument, les vins embaument; et, secouant son grelot enragé, la petite sonnette lui crie :

— Vite, vite, encore plus vite!...

Mais comment pourrait-il aller plus vite? Ses lèvres remuent à peine. Il ne prononce plus les mots... A moins de tricher tout à fait le bon Dieu et de lui escamoter sa messe... Et c'est ce qu'il fait, le malheureux!... De tentation en tentation il commence par sauter un verset, puis deux. Puis l'épître est trop longue, il ne la finit pas, effleure l'Evangile, passe devant le *Credo* sans entrer, saute le *Pater,* salue de loin la préface, et par bonds et par élans se précipite ainsi dans la damnation éternelle, toujours suivi de l'infâme Garrigou *(vade retro, Satanas!)*

qui le seconde avec une merveilleuse entente, lui relève sa chasuble, tourne les feuillets deux par deux, bouscule les pupitres, renverse les burettes, et sans cesse secoue la petite sonnette de plus en plus fort, de plus en plus vite.

Il faut voir la figure effarée que font tous les assistants! Obligés de suivre à la mimique du prêtre cette messe dont ils n'entendent pas un mot, les uns se lèvent quand les autres s'agenouillent, s'asseyent quand les autres sont debout; et toutes les phases de ce singulier office se confondent sur les bancs dans une foule d'attitudes diverses. L'étoile de Noël en route dans les chemins du ciel, là-bas, vers la petite étable, pâlit d'épouvante en voyant cette confusion...

— L'abbé va trop vite... On ne peut pas suivre, murmure la vieille douairière en agitant sa coiffe avec égarement.

Maître Arnoton, ses grandes lunettes d'acier sur le nez, cherche dans son paroissien où diantre on peut bien en être. Mais au fond, tous ces braves gens, qui eux aussi pensent à réveillonner, ne sont pas fâchés que la messe aille ce train de poste; et quand dom Balaguère, la figure rayonnante, se tourne vers l'assistance en criant de toutes ses forces : *Ite, missa est,* il n'y a qu'une voix dans la chapelle pour lui répondre un *Deo gratias* si joyeux, si entraînant, qu'on se croirait déjà à table au premier toast du réveillon.

III

Cinq minutes après, la foule des seigneurs s'asseyait
dans la grande salle, le chapelain au milieu d'eux. Le château, illuminé de haut en bas, retentissait de chants, de
cris, de rires, de rumeurs; et le vénérable dom Balaguère
plantait sa fourchette dans une aile de gelinotte, noyant
le remords de son péché sous des flots de vin du pape
et de bons jus de viandes. Tant il but et mangea, le pauvre
saint homme, qu'il mourut dans la nuit d'une terrible atta-
que, sans avoir eu seulement le temps de se repentir; puis,
au matin, il arriva dans le ciel encore tout en rumeur des
fêtes de la nuit, et je vous laisse à penser comme il y fut
reçu.

— Retire-toi de mes yeux, mauvais chrétien! lui dit le
souverain Juge, notre maître à tous. Ta faute est assez
grande pour effacer toute une vie de vertu... Ah! tu m'as
volé une messe de nuit... Eh bien! tu m'en paieras trois
cents en place, et tu n'entreras en paradis que quand tu
auras célébré dans ta propre chapelle ces trois cents messes de Noël en présence de tous ceux qui ont péché par
ta faute et avec toi...

... Et voilà la vraie légende de dom Balaguère comme
on la raconte au pays des olives. Aujourd'hui le château
de Trinquelage n'existe plus, mais la chapelle se tient
encore droite tout en haut du mont Ventoux, dans un
bouquet de chênes verts. Le vent fait battre sa porte dis-

jointe, l'herbe encombre le seuil ; il y a des nids aux angles
de l'autel et dans l'embrasure des hautes croisées dont les
vitraux coloriés ont disparu depuis longtemps. Cependant
il paraît que tous les ans, à Noël, une lumière surnaturelle
erre parmi ces ruines, et qu'en allant aux messes et aux
réveillons, les paysans aperçoivent ce spectre de chapelle
éclairé de cierges invisibles qui brûlent au grand air, même
sous la neige et le vent. Vous en rirez si vous voulez, mais
un vigneron de l'endroit, nommé Garrigue, sans doute un
descendant de Garrigou, m'a affirmé qu'un soir de Noël,
se trouvant un peu en ribote, il s'était perdu dans la montagne du côté de Trinquelage ; et voici ce qu'il avait vu...
Jusqu'à onze heures, rien. Tout était silencieux, éteint, ina-
nimé. Soudain, vers minuit, un carillon sonna tout en haut
du clocher, un vieux, vieux carillon qui avait l'air d'être
à dix lieues. Bientôt, dans le chemin qui monte, Garrigue
vit trembler des feux, s'agiter des ombres indécises. Sous
le porche de la chapelle, on marchait, on chuchotait :

– Bonsoir, maître Arnoton !

– Bonsoir, bonsoir, mes enfants !...

Quand tout le monde fut entré, mon vigneron, qui était
très brave, s'approcha doucement, et regardant par la
porte cassée eut un singulier spectacle. Tous ces gens qu'il
avait vus passer étaient rangés autour du chœur, dans la
nef en ruine, comme si les anciens bancs existaient encore.
De belles dames en brocart avec des coiffes de dentelle,
des seigneurs chamarrés du haut en bas, des paysans en
jaquettes fleuries ainsi qu'en avaient nos grands-pères,
tous l'air vieux, fané, poussiéreux, fatigué. De temps en

temps, des oiseaux de nuit, hôtes habituels de la chapelle, réveillés par toutes ces lumières, venaient rôder autour des cierges dont la flamme montait droite et vague comme si elle avait brûlé derrière une gaze; et ce qui amusait beaucoup Garrigue, c'était un certain personnage à grandes lunettes d'acier, qui secouait à chaque instant sa haute perruque noire sur laquelle un de ces oiseaux se tenait droit tout empêtré en battant silencieusement des ailes.

Dans le fond, un petit vieillard de taille enfantine, à genoux au milieu du chœur, agitait désespérément une sonnette sans grelot et sans voix, pendant qu'un prêtre, habillé de vieil or, allait, venait devant l'autel en récitant des oraisons dont on n'entendait pas un mot... Bien sûr c'était dom Balaguère, en train de dire sa troisième messe basse.

LES ORANGES

FANTAISIE

A Paris, les oranges ont l'air triste de fruits tombés ramassés sous l'arbre. A l'heure où elles vous arrivent, en plein hiver pluvieux et froid, leur écorce éclatante, leur parfum exagéré dans ces pays de saveurs tranquilles, leur donnent un aspect étrange, un peu bohémien. Par les soirées brumeuses, elles longent tristement les trottoirs, entassées dans leurs petites charrettes ambulantes, à la lueur sourde d'une lanterne en papier rouge. Un cri monotone et grêle les escorte, perdu dans le roulement des voitures, le fracas des omnibus :

– A deux sous la Valence!

Pour les trois quarts des Parisiens, ce fruit cueilli au

loin, banal dans sa rondeur, où l'arbre n'a rien laissé qu'une mince attache verte, tient de la sucrerie, de la confiserie. Le papier de soie qui l'entoure, les fêtes qu'il accompagne, contribuent à cette impression. Aux approches de janvier surtout, les milliers d'oranges disséminées par les rues, toutes ces écorces traînant dans la boue du ruisseau, font songer à quelque arbre de Noël gigantesque qui secouerait sur Paris ses branches chargées de fruits factices. Pas un coin où on ne les rencontre. A la vitrine claire des étalages, choisies et parées; à la porte des prisons et des hospices, parmi les paquets de biscuits, les tas de pommes; devant l'entrée des bals, des spectacles du dimanche. Et leur parfum exquis se mêle à l'odeur du gaz, au bruit des crincrins, à la poussière des banquettes de paradis. On en vient à oublier qu'il faut des orangers pour produire les oranges, cependant que le fruit nous arrive directement du Midi à pleines caisses, l'arbre, taillé, transformé, déguisé, de la serre chaude où il passe l'hiver, ne fait qu'une courte apparition au plein air des jardins publics.

Pour bien connaître les oranges, il faut les avoir vues chez elles, aux îles Baléares, en Sardaigne, en Corse, en Algérie, dans l'air bleu doré, l'atmosphère tiède de la Méditerranée. Je me rappelle un petit bois d'orangers, aux portes de Blidah; c'est là qu'elles étaient belles! Dans le feuillage sombre, lustré, vernissé, les fruits avaient l'éclat de verres de couleur, et doraient l'air environnant avec cette auréole de splendeur qui entoure les fleurs éclatantes. Çà et là des éclaircies laissaient voir à travers les branches les remparts de la petite ville, le minaret d'une mosquée, le dôme d'un marabout, et au-dessus l'énorme masse de l'Atlas, verte à sa base, couronnée de neige comme d'une fourrure blanche, avec des moutonnements, un flou de flocons tombés.

Une nuit, pendant que j'étais là, je ne sais par quel phénomène ignoré depuis trente ans cette zone de frimas et d'hiver se secoua sur la ville endormie, et Blidah se réveilla transformée, poudrée à blanc. Dans cet air algérien si léger, si pur, la neige semblait une poussière de nacre. Elle avait des reflets de plumes de paon blanc. Le plus beau, c'était le bois d'orangers. Les feuilles solides gardaient la neige intacte et droite comme des sorbets sur des plateaux de laque, et tous les fruits poudrés à frimas avaient une douceur splendide, un rayonnement discret comme de l'or voilé de claires étoffes blanches. Cela donnait vaguement l'impression d'une fête d'église, de soutanes rouges sous des robes de dentelles, de dorures d'autel enveloppées de guipures...

Mais mon meilleur souvenir d'oranges me vient encore de Barbicaglia, un grand jardin auprès d'Ajaccio où j'allais faire la sieste aux heures de chaleur. Ici les orangers, plus hauts, plus espacés qu'à Blidah, descendaient jusqu'à la route, dont le jardin n'était séparé que par une haie vive et un fossé. Tout de suite après, c'était la mer, l'immense mer bleue... Quelles bonnes heures j'ai passées dans ce jardin! Au-dessus de ma tête, les orangers en fleur et en fruit brûlaient leurs parfums d'essences. De temps en temps, une orange mûre, détachée tout à coup, tombait près de moi comme alourdie de chaleur, avec un bruit mat, sans écho, sur la terre pleine. Je n'avais qu'à allonger la main. C'étaient des fruits superbes, d'un rouge pourpre à l'intérieur. Ils me paraissaient exquis, et puis l'horizon était si beau! Entre les feuilles, la mer mettait des espaces bleus éblouissants comme des morceaux de verre brisés qui miroitaient dans la brume de l'air. Avec cela le mouvement du flot agitant l'atmosphère à de grandes distances, ce murmure cadencé qui vous berce comme dans une barque invisible, la chaleur, l'odeur des oranges... Ah! qu'on était bien pour dormir dans le jardin de Barbicaglia!

Quelquefois cependant, au meilleur moment de la sieste, des éclats de tambour me réveillaient en sursaut. C'étaient de malheureux tapins qui venaient s'exercer en bas, sur la route. A travers les trous de la haie, j'apercevais le cuivre des tambours et les grands tabliers blancs sur les pantalons rouges. Pour s'abriter un peu de la lumière aveuglante que la poussière de la route leur renvoyait impitoyablement, les pauvres diables venaient se mettre au pied du jardin, dans l'ombre courte de la haie. Et ils tapaient! et ils avaient chaud! Alors, m'arrachant de force à mon hypnotisme, je m'amusais à leur jeter quelques-uns de ces beaux fruits d'or rouge qui pendaient près de ma main. Le tambour visé s'arrêtait. Il y avait une minute d'hésitation, un regard circulaire pour voir d'où venait la superbe orange roulant devant lui dans le fossé; puis il la ramassait bien vite et mordait à pleines dents sans même enlever l'écorce.

Je me souviens aussi que tout à côté de Barbicaglia, et séparé seulement par un petit mur bas, il y avait un jardinet assez bizarre que je dominais de la hauteur où je me trouvais. C'était un petit coin de terre bourgeoisement dessiné. Ses allées blondes de sable, bordées de buis très vert, les deux cyprès de sa porte d'entrée, lui donnaient l'aspect d'une bastide marseillaise. Pas une ligne d'ombre. Au fond, un bâtiment de pierre blanche avec des jours de caveau au ras du sol. J'avais d'abord cru à une maison de campagne; mais, en y regardant mieux, la croix qui la surmontait, une inscription que je voyais de loin creusée dans la pierre, sans en distinguer le texte, me firent reconnaître un tombeau de famille corse. Tout autour d'Ajaccio, il y a beaucoup de ces petites chapelles mortuaires, dressées au milieu de jardins à elles seules. La famille y vient, le dimanche, rendre visite à ses morts. Ainsi comprise, la mort est moins lugubre que dans la confusion des cimetières. Des pas amis troublent seuls le silence.

De ma place, je voyais un bon vieux trottiner tranquillement par les allées. Tout le jour il taillait les arbres, bêchait, arrosait, enlevait les fleurs fanées avec un soin minutieux; puis, au soleil couchant, il entrait dans la petite chapelle où dormaient les morts de sa famille; il resserrait la bêche, les râteaux, les grands arrosoirs; tout cela avec la tranquillité, la sérénité d'un jardinier de cimetière. Pourtant, sans qu'il s'en rendît bien compte, ce brave homme travaillait avec un certain recueillement, tous les bruits amortis et la porte du caveau refermée, chaque fois

discrètement comme s'il eût craint de réveiller quelqu'un.
Dans le grand silence radieux, l'entretien de ce petit jardin ne troublait pas un oiseau, et son voisinage n'avait
rien d'attristant. Seulement la mer en paraissait plus
immense, le ciel plus haut, et cette sieste sans fin mettait
tout autour d'elle, parmi la nature troublante, accablante
à force de vie, le sentiment de l'éternel repos...

LES DEUX AUBERGES

C'était en revenant de Nîmes, un après-midi de juillet. Il faisait une chaleur accablante. A perte de vue, la route blanche, embrasée, poudroyait entre les jardins d'oliviers et de petits chênes, sous un grand soleil d'argent mat qui remplissait tout le ciel. Pas une tache d'ombre, pas un souffle de vent. Rien que la vibration de l'air chaud et le cri strident des cigales, musique folle, assourdissante, à temps pressés, qui semble la sonorité même de cette immense vibration lumineuse... Je marchais en plein désert depuis deux heures, quand tout à coup, devant moi, un groupe de maisons blanches se dégagea de la poussière de la route. C'était ce qu'on appelle le relais de Saint-Vincent : cinq ou six *mas*, de longues granges à toiture rouge, un abreuvoir sans eau dans un bouquet de figuiers maigres, et, tout au bout du pays, deux grandes auberges qui se regardent face à face de chaque côté du chemin.

Le voisinage de ces auberges avait quelque chose de
saisissant. D'un côté, un grand bâtiment neuf, plein de
vie, d'animation, toutes les portes ouvertes, la diligence
arrêtée devant, les chevaux fumants qu'on dételait, les
voyageurs descendus buvant à la hâte sur la route dans
l'ombre courte des murs; la cour encombrée de mulets,
de charrettes; des rouliers couchés sous les hangars en
attendant *la fraîche.* A l'intérieur, des cris, des jurons, des
coups de poing sur les tables, le choc des verres, le fracas
des billards, les bouchons de limonades qui sautaient, et,
dominant tout ce tumulte, une voix joyeuse, éclatante, qui
chantait à faire trembler les vitres :

> La belle Margoton
> Tant matin s'est levée,
> A pris son broc d'argent,
> A l'eau s'en est allée...

... L'auberge d'en face, au contraire, était silencieuse et
comme abandonnée. De l'herbe sous le portail, des volets
cassés, sur la porte un rameau de petit houx tout rouillé
qui pendait comme un vieux panache, les marches du seuil
calées avec des pierres de la route... Tout cela si pauvre,
si pitoyable, que c'était une charité vraiment de s'arrêter
là pour boire un coup.

En entrant, je trouvai une longue salle déserte et

morne, que le jour éblouissant de trois grandes fenêtres
sans rideaux fait plus morne et plus déserte encore. Quelques tables boiteuses où traînaient des verres ternis par
la poussière, un billard crevé qui tendait ses quatre blouses
comme des sébiles, un divan jaune, un vieux comptoir,
dormaient là dans une chaleur malsaine et lourde. Et des
mouches! des mouches! jamais je n'en avais tant vu : sur
le plafond, collées aux vitres, dans les verres, par grappes... Quand j'ouvris la porte, ce fut un bourdonne-
ment, un frémissement d'ailes comme si j'entrais dans
une ruche.

Au fond de la salle, dans l'embrasure d'une croisée, il
y avait une femme debout contre la vitre, très occupée
à regarder dehors. Je l'appelai deux fois :

— Hé! l'hôtesse!

Elle se retourna lentement, et me laissa voir une pauvre
figure de paysanne, ridée, crevassée, couleur de terre,
encadrée dans de longues barbes de dentelle rousse comme
en portent les vieilles de chez nous. Pourtant ce n'était
pas une vieille femme; mais les larmes l'avaient toute
fanée.

— Qu'est-ce que vous voulez? me demanda-t-elle en
essuyant ses yeux.

— M'asseoir un moment et boire quelque chose...

Elle me regarda très étonnée, sans bouger de sa place,
comme si elle ne comprenait pas.

— Ce n'est donc pas une auberge ici?

La femme soupira :

— Si... c'est une auberge, si vous voulez... Mais pourquoi n'allez-vous pas en face comme les autres? C'est bien plus gai...

– C'est trop gai pour moi... J'aime mieux rester chez vous.

Et, sans attendre sa réponse, je m'installai devant une table.

Quand elle fut bien sûre que je parlais sérieusement, l'hôtesse se mit à aller et venir d'un air très affairé, ouvrant des tiroirs, remuant des bouteilles, essuyant des verres, dérangeant les mouches... On sentait que ce voyageur à servir était tout un événement. Par moments la malheureuse s'arrêtait, et se prenait la tête comme si elle désespérait d'en venir à bout.

Puis elle passait dans la pièce du fond; je l'entendais remuer de grosses clefs, tourmenter des serrures, fouiller dans la huche au pain, souffler, épousseter, laver des assiettes. De temps en temps, un gros soupir, un sanglot mal étouffé...

Après un quart d'heure de ce manège, j'eus devant moi une assiettée de *passerilles* (raisins secs), un vieux pain de Beaucaire aussi dur que du grès, et une bouteille de piquette.

– Vous êtes servi, dit l'étrange créature, et elle retourna bien vite prendre sa place devant la fenêtre.

Tout en buvant, j'essayai de la faire causer.

– Il ne vous vient pas souvent du monde, n'est-ce pas, ma pauvre femme?

– Oh! non, monsieur, jamais personne... Quand nous étions seuls dans le pays, c'était différent : nous avions le relais, des repas de chasse pendant le temps des macreuses, des voitures toute l'année... Mais depuis que les voisins sont venus s'établir, nous avons tout perdu... Le monde aime mieux aller en face. Chez nous, on trouve que c'est trop triste. Le fait est que la maison n'est pas bien agréable. Je ne suis pas belle, j'ai les fièvres, mes deux petites sont mortes... Là-bas, au contraire, on rit tout le temps. C'est une Arlésienne qui tient l'auberge, une belle femme avec des dentelles et trois tours de chaîne d'or au cou. Le conducteur, qui est son amant, lui amène la diligence. Avec ça un tas d'enjôleuses pour chambrières... Aussi, il lui en vient de la pratique! Elle a toute la jeunesse de Bezouce, de Redessan, de Jonquières. Les rouliers font un détour pour passer par chez elle... Moi, je reste ici tout le jour, sans personne, à me consumer.

Elle disait cela d'une voix distraite, indifférente, le front toujours appuyé contre la vitre. Il y avait évidemment dans l'auberge d'en face quelque chose qui la préoccupait...

Tout à coup, de l'autre côté de la route, il se fit un grand mouvement. La diligence s'ébranlait dans la poussière. On entendait des coups de fouet, les fanfares du postillon, les filles accourues sur la porte qui criaient :

– Adiousias!... adiousias!... et par là-dessus la formidable voix de tantôt reprenant de plus belle :

A pris son broc d'argent,
A l'eau s'en est allée;
De là n'a vu venir
Trois chevaliers d'armée...

... A cette voix l'hôtesse frissonna de tout son corps, et, se tournant vers moi :

– Entendez-vous? me dit-elle tout bas, c'est mon mari... N'est-ce pas qu'il chante bien?

Je la regardai, stupéfait.

– Comment? votre mari!... Il va donc là-bas, lui aussi?

Alors elle, d'un air navré, mais avec une grande douceur :

– Qu'est-ce que vous voulez, monsieur? Les hommes sont comme ça, ils n'aiment pas voir pleurer; et moi je pleure toujours depuis la mort des petites... Puis, c'est si triste cette grande baraque où il n'y a jamais personne... Alors, quand il s'ennuie trop, mon pauvre José va boire en face, et comme il a une belle voix, l'Arlésienne le fait chanter. Chut!... le voilà qui recommence.

Et, tremblante, les mains en avant, avec de grosses larmes qui la faisaient encore plus laide, elle était là comme en extase devant la fenêtre à écouter son José chanter pour l'Arlésienne :

Le premier lui a dit :
« Bonjour, belle mignonne! »

A MILIANA

NOTES DE VOYAGE

Cette fois, je vous emmène passer la journée dans une jolie petite ville d'Algérie, à deux ou trois cents lieues du moulin... Cela nous changera un peu des tambourins et des cigales...

... Il va pleuvoir, le ciel est gris, les crêtes du mont Zaccar s'enveloppent de brume. Dimanche triste... Dans ma petite chambre d'hôtel, la fenêtre ouverte sur les remparts arabes, j'essaie de me distraire en allumant des cigarettes... On a mis à ma disposition toute la bibliothèque de l'hôtel; entre une histoire très détaillée de l'enregistrement et quelques romans de Paul de Kock je découvre un volume dépareillé de Montaigne... Ouvert le livre au

hasard, relu l'admirable lettre sur la mort de La Boétie...
Me voilà plus rêveur et plus sombre que jamais... Quelques gouttes de pluie tombent déjà. Chaque goutte, en
tombant sur le rebord de la croisée, fait une large étoile
dans la poussière entassée là depuis les pluies de l'an dernier... Mon livre me glisse des mains, et je passe de longs
instants à regarder cette étoile mélancolique...

Deux heures sonnent à l'horloge de la ville – un ancien
marabout dont j'aperçois d'ici les grêles murailles blanches... Pauvre diable de marabout! Qui lui aurait dit cela,
il y a trente ans, qu'un jour il porterait au milieu de la
poitrine un gros cadran municipal, et que, tous les dimanches, sur le coup de deux heures, il donnerait aux églises
de Miliana le signal de sonner les vêpres?... Ding! dong!
voilà les cloches parties!... Nous en avons pour longtemps... Décidément, cette chambre est triste. Les grosses
araignées du matin, qu'on appelle pensées philosophiques,
ont tissé leurs toiles dans tous les coins... Allons dehors.

J'arrive sur la grande place. La musique du 3e de ligne,
qu'un peu de pluie n'épouvante pas, vient de se ranger
autour de son chef. A une des fenêtres de la division, le
général paraît, entouré de ses demoiselles; sur la place le
sous-préfet se promène de long en large au bras du juge
de paix. Une demi-douzaine de petits Arabes à moitié nus
jouent aux billes dans un coin avec des cris féroces.
Là-bas, un vieux juif en guenilles vient chercher un rayon
de soleil qu'il avait laissé hier à cet endroit et qu'il

s'étonne de ne plus trouver... « Une, deux, trois, partez ! »
La musique entonne une ancienne mazurka de Talexy,
que les orgues de Barbarie jouaient l'hiver dernier sous
mes fenêtres. Cette mazurka m'ennuyait autrefois ;
aujourd'hui elle m'émeut jusqu'aux larmes.

Oh ! comme ils sont heureux les musiciens du 3ᵉ ! L'œil
fixé sur les doubles croches, ivres de rythme et de tapage,
ils ne songent à rien qu'à compter leurs mesures. Leur
âme, toute leur âme tient dans ce carré de papier large
comme la main – qui tremble au bout de l'instrument
entre deux dents de cuivre. « Une, deux, trois, partez ! »
Tout est là pour ces braves gens ; jamais les airs nationaux
qu'ils jouent ne leur ont donné le mal du pays... Hélas !
moi qui ne suis pas de la musique, cette musique me fait
peine, et je m'éloigne...

Où pourrais-je bien le passer, ce gris après-midi de
dimanche ? Bon ! la boutique de Sid'Omar est ouverte...
Entrons chez Sid'Omar.

Quoiqu'il ait une boutique, Sid'Omar n'est point un
boutiquier. C'est un prince du sang, le fils d'un ancien dey
d'Alger qui mourut étranglé par les janissaires... A la mort
de son père, Sid'Omar se réfugia dans Miliana avec sa
mère qu'il adorait, et vécut là quelques années comme un
grand seigneur philosophe parmi ses lévriers, ses faucons,
ses chevaux et ses femmes, dans de jolis palais très frais,
pleins d'orangers et de fontaines. Vinrent les Français.
Sid'Omar, d'abord notre ennemi et l'allié d'Abd-el-

Kader, finit par se brouiller avec l'émir et fit sa soumis-
sion. L'émir, pour se venger, entra dans Miliana en
l'absence de Sid'Omar, pilla ses palais, rasa ses orangers,
emmena ses chevaux et ses femmes, et fit écraser la gorge
de sa mère sous le couvercle d'un grand coffre... La colère
de Sid'Omar fut terrible : sur l'heure même il se mit au
service de la France, et nous n'eûmes pas de meilleur ni
de plus féroce soldat que lui tant que dura notre guerre
contre l'émir. La guerre finie, Sid'Omar revint à Miliana ;
mais encore aujourd'hui, quand on parle d'Abd-el-Kader
devant lui, il devient pâle et ses yeux s'allument.

Sid'Omar a soixante ans. En dépit de l'âge et de la
petite vérole, son visage est resté beau : de grands cils,
un regard de femme, un sourire charmant, l'air d'un
prince. Ruiné par la guerre, il ne lui reste de son ancienne
opulence qu'une ferme dans la plaine du Chélif et une
maison à Miliana, où il vit bourgeoisement avec ses trois
fils élevés sous ses yeux. Les chefs indigènes l'ont en
grande vénération. Quand une discussion s'élève, on le
prend volontiers pour arbitre, et son jugement fait loi
presque toujours. Il sort peu : on le trouve tous les
après-midi dans une boutique attenant à sa maison et qui
ouvre sur la rue. Le mobilier de cette pièce n'est pas
riche : – des murs blancs peints à la chaux, un banc de
bois circulaire, des coussins, de longues pipes, deux brase-
ros... C'est là que Sid'Omar donne audience et rend la
justice. Un Salomon en boutique.

Aujourd'hui dimanche, l'assistance est nombreuse. Une douzaine de chefs sont accroupis, dans leurs burnous, tout autour de la salle. Chacun d'eux a près de lui une grande pipe, et une petite tasse de café dans un fin coquetier de filigrane. J'entre, personne ne bouge... De sa place, Sid'Omar envoie à ma rencontre son plus charmant sourire et m'invite de la main à m'asseoir près de lui, sur un grand coussin de soie jaune; puis, un doigt sur les lèvres, il me fait signe d'écouter.

Voici le cas : – Le caïd des Beni-Zougzougs ayant eu quelque contestation avec un juif de Miliana au sujet d'un lopin de terre, les deux parties sont convenues de porter le différend devant Sid'Omar et de s'en remettre à son jugement. Rendez-vous est pris pour le jour même, les témoins sont convoqués; tout à coup voilà mon juif qui se ravise, et vient, seul, sans témoins, déclarer qu'il aime mieux s'en rapporter au juge de paix des Français qu'à Sid'Omar... L'affaire en est là à mon arrivée.

Le juif – vieux, barbe terreuse, veste marron, bas bleus, casquette en velours – lève le nez au ciel, roule des yeux suppliants, baise les babouches de Sid'Omar, penche la tête, s'agenouille, joint les mains... Je ne comprends pas l'arabe, mais à la pantomime du juif, au mot : *Zouge de paix, zouge de paix,* qui revient à chaque instant, je devine tout ce beau discours :

– Nous ne doutons pas de Sid'Omar, Sid'Omar est sage, Sid'Omar est juste... Toutefois le zouge de paix fera bien mieux notre affaire.

L'auditoire, indigné, demeure impassible comme un

Arabe qu'il est... Allongé sur son coussin, l'œil noyé, le bouquin d'ambre aux lèvres, Sid'Omar – dieu de l'ironie – sourit en écoutant. Soudain, au milieu de sa plus belle période, le juif est interrompu par un énergique *caramba!* qui l'arrête net; en même temps un colon espagnol, venu là comme témoin du caïd, quitte sa place et, s'approchant d'Iscariote, lui verse sur la tête un plein panier d'imprécations de toutes langues, de toutes couleurs – entre autres certain vocable français trop gros, monsieur, pour qu'on le répète ici... Le fils de Sid'Omar, qui comprend le français, rougit d'entendre un mot pareil en présence de son père et sort de la salle. – Retenir ce trait de l'éducation arabe. – L'auditoire est toujours impassible, Sid'Omar toujours souriant. Le juif s'est relevé et gagne la porte à reculons, tremblant de peur, mais gazouillant de plus belle son éternel *zouge de paix, zouge de paix...* Il sort. L'Espagnol, furieux, se précipite derrière lui, le rejoint dans la rue et par deux fois – vli! vlan! – le frappe en plein visage... Iscariote tombe à genoux, les bras en croix... L'Espagnol, un peu honteux, rentre dans la boutique... Dès qu'il est rentré – le juif se relève et promène un regard sournois sur la foule bariolée qui l'entoure. Il y a là des gens de tout cuir – Maltais, Mahonais, nègres, Arabes, tous unis dans la haine du juif et joyeux d'en voir maltraiter un... Iscariote hésite un instant, puis, prenant un Arabe par le pan de son burnous :

– Tu l'as vu, Achmed, tu l'as vu... tu étais là... Le chrétien m'a frappé... Tu seras témoin... bien... bien... tu seras témoin.

L'Arabe dégage son burnous et repousse le juif... Il ne sait rien, il n'a rien vu : juste au moment, il tournait la tête...

— Mais toi, Kaddour, tu l'as vu... tu as vu le chrétien me battre..., crie le malheureux Iscariote à un gros nègre en train d'éplucher une figue de Barbarie...

Le nègre crache en signe de mépris et s'éloigne, il n'a rien vu... Il n'a rien vu non plus, ce petit Maltais dont les yeux de charbon luisent méchamment derrière sa barrette ; elle n'a rien vu, cette Mahonaise au teint de brique qui se sauve en riant, son panier de grenades sur la tête...

Le juif a beau crier, prier, se démener... pas de témoin ! personne n'a rien vu... Par bonheur deux de ses coreligionnaires passent dans la rue à ce moment, l'oreille basse, rasant les murailles. Le juif les avise :

— Vite, vite, mes frères ! Vite à l'homme d'affaires ! Vite au *zouge de paix!*... Vous l'avez vu, vous autres... vous avez vu qu'on a battu le vieux !

S'ils l'ont vu !... Je crois bien.

... Grand émoi dans la boutique de Sid'Omar... Le cafetier remplit les tasses, rallume les pipes. On cause, on rit à belles dents. C'est si amusant de voir rosser un juif !... Au milieu du brouhaha et de la fumée, je gagne la porte doucement ; j'ai envie d'aller rôder un peu du côté d'Israël pour savoir comment les coreligionnaires d'Iscariote ont pris l'affront fait à leur frère...

— Viens dîner ce soir, *moussiou,* me crie le bon Sid'Omar...

J'accepte, je remercie. Me voilà dehors.

Au quartier juif, tout le monde est sur pied. L'affaire fait déjà grand bruit. Personne aux échoppes. Brodeurs, tailleurs, bourreliers – tout Israël est dans la rue... Les hommes – en casquette de velours, en bas de laine bleue – gesticulant bruyamment, par groupes... Les femmes, pâles, bouffies, raides comme des idoles de bois dans leurs robes plates à plastron d'or, le visage entouré de bandelettes noires, vont d'un groupe à l'autre en miaulant... Au moment où j'arrive, un grand mouvement se fait dans la foule. On s'empresse, on se précipite... Appuyé sur ses témoins, le juif – héros de l'aventure – passe entre deux haies de casquettes, sous une pluie d'exhortations :

– Venge-toi, frère, venge-nous, venge le peuple juif. Ne crains rien; tu as la loi pour toi.

Un affreux nain, puant la poix et le vieux cuir, s'approche de moi d'un air piteux, avec de gros soupirs :

– Tu vois! me dit-il. Les pauvres juifs, comme on nous traite! C'est un vieillard! regarde. Ils l'ont presque tué.

De vrai, le pauvre Iscariote a l'air plus mort que vif. Il passe devant moi, l'œil éteint, le visage défait; ne marchant pas, se traînant... Une forte indemnité est seule capable de le guérir; aussi ne le mène-t-on pas chez le médecin, mais chez l'agent d'affaires.

Il y a beaucoup d'agents d'affaires en Algérie, presque autant que de sauterelles. Le métier est bon, paraît-il. Dans tous les cas, il a cet avantage qu'on y peut entrer de plain-pied, sans examens, ni cautionnement, ni stage.

Comme à Paris nous nous faisons hommes de lettres, on se fait agent d'affaires en Algérie. Il suffit pour cela de savoir un peu de français, d'espagnol, d'arabe, d'avoir toujours un code dans ses fontes, et sur toute chose le tempérament du métier.

Les fonctions de l'agent sont très variées : tour à tour avocat, avoué, courtier, expert, interprète, teneur de livres, commissionnaire, écrivain public, c'est le maître Jacques de la colonie. Seulement Harpagon n'en avait qu'un, de maître Jacques, et la colonie en a plus qu'il ne lui en faut. Rien qu'à Miliana, on les compte par douzaines. En général, pour éviter les frais de bureau, ces messieurs reçoivent leurs clients au café de la grand-place et donnent leurs consultations – les donnent-ils ? – entre l'absinthe et le champoreau.

C'est vers le café de la grand-place que le digne Iscariote s'achemine, flanqué de ses deux témoins. Ne les suivons pas.

En sortant du quartier juif, je passe devant la maison du bureau arabe. Du dehors, avec son chapeau d'ardoises et le drapeau français qui flotte dessus, on la prendrait pour une mairie de village. Je connais l'interprète, entrons fumer une cigarette avec lui. De cigarette en cigarette, je finirai bien par le tuer, ce dimanche sans soleil !

La cour qui précède le bureau est encombrée d'Arabes en guenilles. Ils sont là une cinquantaine à faire antichambre, accroupis, le long du mur, dans leurs burnous. Cette

antichambre bédouine exhale – quoique en plein air – une
forte odeur de cuir humain. Passons vite... Dans le
bureau, je trouve l'interprète aux prises avec deux grands
braillards entièrement nus sous de longues couvertures
crasseuses, et racontant d'une mimique enragée je ne sais
quelle histoire de chapelet volé. Je m'assieds sur une natte
dans un coin, et je regarde... Un joli costume, ce costume
d'interprète ; et comme l'interprète de Miliana le porte
bien ! Ils ont l'air taillés l'un pour l'autre. Le costume est
bleu de ciel avec des brandebourgs noirs et des boutons
d'or qui reluisent. L'interprète est blond, rose, tout frisé ;
un joli hussard bleu plein d'humour et de fantaisie ; un peu
bavard – il parle tant de langues ! un peu sceptique, il
a connu Renan à l'école orientaliste ! – grand amateur de
sport, à l'aise au bivouac arabe comme aux soirées de la
sous-préfète, mazurkant mieux que personne, et faisant le
couscous comme pas un. Parisien, pour tout dire, voilà
mon homme, et ne vous étonnez pas que les dames en
raffolent... Comme dandysme, il n'a qu'un rival : le ser-
gent du bureau arabe. Celui-ci – avec sa tunique de drap
fin et ses guêtres à boutons de nacre – fait le désespoir
et l'envie de toute la garnison. Détaché au bureau arabe,
il est dispensé des corvées, et toujours se montre par les
rues, ganté de blanc, frisé de frais, avec de grands regis-
tres sous le bras. On l'admire et on le redoute. C'est une
autorité.

Décidément, cette histoire de chapelet volé menace
d'être fort longue. Bonsoir ! je n'attends pas la fin.

En m'en allant je trouve l'antichambre en émoi. La

foule se presse autour d'un indigène de haute taille, pâle, fier, drapé dans un burnous noir. Cet homme, il y a huit jours, s'est battu dans le Zaccar avec une panthère. La panthère est morte; mais l'homme a eu la moitié du bras mangée. Soir et matin il vient se faire panser au bureau arabe, et chaque fois on l'arrête dans la cour pour lui entendre raconter son histoire. Il parle lentement, d'une belle voix gutturale. De temps en temps, il écarte son burnous et montre, attaché contre sa poitrine, son bras gauche entouré de linges sanglants.

A peine suis-je dans la rue, voilà un violent orage qui éclate. Pluie, tonnerre, éclairs, sirocco... Vite, abritons-nous. J'enfile une porte au hasard, et je tombe au milieu d'une nichée de bohémiens, empilés sous les arceaux d'une cour moresque. Cette cour tient à la mosquée de Miliana; c'est le refuge habituel de la pouillerie musulmane, on l'appelle la *cour des pauvres.*

De grands lévriers maigres, tout couverts de vermine, viennent rôder autour de moi d'un air méchant. Adossé contre un des piliers de la galerie, je tâche de faire bonne contenance, et, sans parler à personne, je regarde la pluie qui ricoche sur les dalles coloriées de la cour. Les bohémiens sont à terre, couchés par tas. Près de moi, une jeune femme, presque belle, la gorge et les jambes découvertes, de gros bracelets de fer aux poignets et aux chevilles, chante un air bizarre à trois notes mélancoliques et nasillardes. En chantant, elle allaite un petit enfant tout nu

en bronze rouge, et, du bras resté libre, elle pile de l'orge
dans un mortier de pierre. La pluie, chassée par un vent
cruel, inonde parfois les jambes de la nourrice et le corps
de son nourrisson. La bohémienne n'y prend point garde
et continue à chanter, sous la rafale, en pilant l'orge et
donnant le sein.

L'orage diminue. Profitant d'une embellie, je me hâte
de quitter cette cour des Miracles et je me dirige vers le
dîner de Sid'Omar ; il est temps... En traversant la grand-
place, j'ai encore rencontré mon vieux juif de tantôt. Il
s'appuie sur son agent d'affaires ; ses témoins marchent
joyeusement derrière lui ; une bande de vilains petits juifs
gambade à l'entour... Tous les visages rayonnent. L'agent
se charge de l'affaire : il demandera au tribunal deux mille
francs d'indemnité.

Chez Sid'Omar, dîner somptueux. – La salle à manger
ouvre sur une élégante cour moresque, où chantent deux
ou trois fontaines... Excellent repas turc, recommandé au
baron Brisse. Entre autres plats, je remarque un poulet
aux amandes, un couscous à la vanille, une tortue à la
viande, – un peu lourde mais du plus haut goût – et des
biscuits au miel qu'on appelle *bouchées du cadi*... Comme
vin, rien que du champagne. Malgré la loi musulmane
Sid'Omar en boit un peu – quand les serviteurs ont le
dos tourné... Après dîner, nous passons dans la chambre
de notre hôte, où l'on nous apporte des confitures, des
pipes et du café... L'ameublement de cette chambre est

des plus simples : un divan, quelques nattes ; dans le fond, un grand lit très haut sur lequel flânent de petits coussins rouges brodés d'or... A la muraille est accrochée une vieille peinture turque représentant les exploits d'un certain amiral Hamadi. Il paraît qu'en Turquie les peintres n'emploient qu'une couleur par tableau : ce tableau-ci est voué au vert. La mer, le ciel, les navires, l'amiral Hamadi lui-même, tout est vert, et de quel vert !...

L'usage arabe veut qu'on se retire de bonne heure. Le café pris, les pipes fumées, je souhaite la bonne nuit à mon hôte et je le laisse avec ses femmes.

Où finirai-je ma soirée ? Il est trop tôt pour me coucher, les clairons des spahis n'ont pas encore sonné la retraite. D'ailleurs, les coussinets d'or de Sid'Omar dansent autour de moi des farandoles fantastiques qui m'empêcheraient de dormir... Me voici devant le théâtre, entrons un moment.

Le théâtre de Miliana est un ancien magasin de fourrages, tant bien que mal déguisé en salle de spectacle. De gros quinquets, qu'on remplit d'huile pendant l'entracte, font l'office de lustres. Le parterre est debout, l'orchestre sur des bancs. Les galeries sont très fières parce qu'elles ont des chaises de paille... Tout autour de la salle, un long couloir, obscur, sans parquet... On se croirait dans la rue, rien n'y manque... La pièce est déjà commencée quand j'arrive. A ma grande surprise, les acteurs ne sont pas mauvais, je parle des hommes ; ils ont de l'entrain, de la vie... Ce sont presque tous des amateurs, des soldats du 3ᵉ; le régiment en est fier et vient les applaudir tous les soirs.

Quant aux femmes, hélas!... c'est encore et toujours cet éternel féminin des petits théâtres de province, prétentieux, exagéré et faux... Il y en a deux pourtant qui m'intéressent parmi ces dames, deux juives de Miliana, toutes jeunes, qui débutent au théâtre... Les parents sont dans la salle et paraissent enchantés. Ils ont la conviction que leurs filles vont gagner des milliers de douros à ce commerce-là. La légende de Rachel, israélite, millionnaire et comédienne, est déjà répandue chez les juifs d'Orient.

Rien de comique et d'attendrissant comme ces deux petites juives sur les planches... Elles se tiennent timidement dans un coin de la scène, poudrées, fardées, décolletées et toutes raides. Elles ont froid, elles ont honte. De temps en temps elles baragouinent une phrase sans la comprendre, et, pendant qu'elles parlent, leurs grands yeux hébraïques regardent dans la salle avec stupeur.

Je sors du théâtre... Au milieu de l'ombre qui m'environne, j'entends des cris dans un coin de la place... Quelques Maltais sans doute en train de s'expliquer à coups de couteau...

Je reviens à l'hôtel, lentement, le long des remparts. D'adorables senteurs d'orangers et de thuyas montent de la plaine. L'air est doux, le ciel presque pur... Là-bas, au bout du chemin, se dresse un vieux fantôme de muraille, débris de quelque ancien temple. Ce mur est sacré : tous les jours les femmes arabes viennent y suspendre des *ex-voto,* fragments de haïks et de foutas, longues tresses de cheveux roux liés par des fils d'argent, pans de burnous... Tout cela va flottant sous un mince rayon de lune, au souffle tiède de la nuit...

LES SAUTERELLES

Encore un souvenir d'Algérie, et puis nous reviendrons au moulin...

La nuit de mon arrivée dans cette ferme du Sahel, je ne pouvais pas dormir. Le pays nouveau, l'agitation du voyage, les aboiements des chacals, puis une chaleur énervante, oppressante, un étouffement complet, comme si les mailles de la moustiquaire n'avaient pas laissé passer un souffle d'air... Quand j'ouvris ma fenêtre, au petit jour, une brume d'été lourde, lentement remuée, frangée aux bords de noir et de rose, flottait dans l'air comme un nuage de poudre sur un champ de bataille. Pas une feuille ne bougeait, et dans ces beaux jardins que j'avais sous les yeux, les vignes espacées sur les pentes au grand soleil qui fait les vins sucrés, les fruits d'Europe abrités dans un coin d'ombre, les petits orangers, les mandariniers en longues files microscopiques, tout gardait le même aspect morne, cette immobilité des feuilles attendant l'orage. Les bananiers eux-mêmes, ces grands roseaux vert tendre, toujours agités par quelque souffle qui emmêle leur fine chevelure si légère, se dressaient silencieux et droits, en panaches réguliers.

Je restai un moment à regarder cette plantation merveilleuse, où tous les arbres du monde se trouvaient réunis, donnant chacun dans leur saison leurs fleurs et leurs fruits dépaysés. Entre les champs de blé et les massifs de chênes-lièges, un cours d'eau luisait, rafraîchissant à voir par cette matinée étouffante; et tout en admirant le luxe et l'ordre de ces choses, cette belle ferme avec ses arcades moresques, ses terrasses toutes blanches d'aube, les écuries et les hangars groupés autour, je songeais qu'il y a vingt ans, quand ces braves gens étaient venus s'installer dans ce vallon du Sahel, ils n'avaient trouvé qu'une méchante baraque de cantonnier, une terre inculte hérissée de palmiers nains et de lentisques. Tout à créer, tout à construire. A chaque instant des révoltes d'Arabes. Il fallait laisser la charrue pour faire le coup de feu. Ensuite les maladies, les ophtalmies, les fièvres, les récoltes manquées, les tâtonnements de l'inexpérience, la lutte avec une administration bornée, toujours flottante. Que d'efforts! Que de fatigues! Quelle surveillance incessante!

Encore maintenant, malgré les mauvais temps finis et la fortune si chèrement gagnée, tous deux, l'homme et la femme, étaient les premiers levés à la ferme. A cette heure matinale je les entendais aller et venir dans les grandes

cuisines du rez-de-chaussée, surveillant le café des travailleurs. Bientôt une cloche sonna, et au bout d'un moment
les ouvriers défilèrent sur la route. Des vignerons de
Bourgogne; des laboureurs kabyles en guenilles, coiffés
d'une chéchia rouge; des terrassiers mahonais, les jambes
nues; des Maltais; des Lucquois; tout un peuple dispa-
rate, difficile à conduire. A chacun d'eux le fermier,
devant la porte, distribuait sa tâche de la journée d'une
voix brève, un peu rude. Quand il eut fini, le brave
homme leva la tête, scruta le ciel d'un air inquiet; puis
m'apercevant à la fenêtre :

– Mauvais temps pour la culture, me dit-il... voilà le
sirocco.

En effet, à mesure que le soleil se levait, des bouffées
d'air, brûlantes, suffocantes, nous arrivaient du sud
comme de la porte d'un four ouverte et refermée. On ne
savait où se mettre, que devenir. Toute la matinée se passa
ainsi. Nous prîmes du café sur les nattes de la galerie, sans
avoir le courage de parler ni de bouger. Les chiens allon-
gés, cherchant la fraîcheur des dalles, s'étendaient dans
des poses accablées. Le déjeuner nous remit un peu, un
déjeuner plantureux et singulier où il y avait des carpes,
des truites, du sanglier, du hérisson, le beurre de Staouëli,
les vins de Crescia, des goyaves, des bananes, tout un
dépaysement de mets qui ressemblait bien à la nature si
complexe dont nous étions entourés... On allait se lever
de table. Tout à coup, à la porte-fenêtre fermée pour nous
garantir de la chaleur du jardin en fournaise, de grands
cris retentirent :

– Les criquets! les criquets!

Mon hôte devint tout pâle comme un homme à qui on
annonce un désastre, et nous sortîmes précipitamment.
Pendant dix minutes, ce fut dans l'habitation, si calme
tout à l'heure, un bruit de pas précipités, de voix indistinc-
tes, perdues dans l'agitation d'un réveil. De l'ombre des
vestibules où ils s'étaient endormis, les serviteurs s'élancè-
rent dehors en faisant résonner avec des bâtons, des four-
ches, des fléaux, tous les ustensiles de métal qui leur tombaient sous la main, des chaudrons de cuivre, des bassines,
des casseroles. Les bergers soufflaient dans leurs trompes
de pâturage. D'autres avaient des conques marines, des
cors de chasse. Cela faisait un vacarme effrayant, discor-
dant, que dominaient d'une note suraiguë les « You! you!
you! » des femmes arabes accourues d'un douar voisin.
Souvent, paraît-il, il suffit d'un grand bruit, d'un frémissement sonore de l'air, pour éloigner les sauterelles, les
empêcher de descendre.

Mais où étaient-elles donc, ces terribles bêtes? Dans le
ciel vibrant de chaleur, je ne voyais rien qu'un nuage
venant à l'horizon, cuivré, compact, comme un nuage de
grêle, avec le bruit d'un vent d'orage dans les mille
rameaux d'une forêt. C'étaient les sauterelles. Soutenues
entre elles par leurs ailes sèches étendues, elles volaient en
masse, et malgré nos cris, nos efforts, le nuage s'avançait
toujours, projetant dans la plaine une ombre immense.
Bientôt il arriva au-dessus de nos têtes; sur les bords on
vit pendant une seconde un effrangement, une déchirure.
Comme les premiers grains d'une giboulée, quelques-unes

se détachèrent, distinctes, roussâtres; ensuite toute la nuée creva, et cette grêle d'insectes tomba drue et bruyante. A perte de vue les champs étaient couverts de criquets, de criquets énormes, gros comme le doigt.

Alors le massacre commença. Hideux murmure d'écrasement, de paille broyée. Avec les herses, les pioches, les charrues, on remuait ce sol mouvant; et plus on en tuait, plus il y en avait. Elles grouillaient par couches, leurs hautes pattes enchevêtrées; celles du dessus faisant des bonds de détresse, sautant au nez des chevaux attelés pour cet étrange labour. Les chiens de la ferme, ceux du douar, lancés à travers champs, se ruaient sur elles, les broyaient avec fureur. A ce moment, deux compagnies de turcos, clairons en tête, arrivèrent au secours des malheureux colons, et la tuerie changea d'aspect.

Au lieu d'écraser les sauterelles, les soldats les flambaient en répandant de longues tracées de poudre.

Fatigué de tuer, écœuré par l'odeur infecte, je rentrai. A l'intérieur de la ferme, il y en avait presque autant que dehors. Elles étaient entrées par les ouvertures des portes, des fenêtres, la baie des cheminées. Au bord des boiseries, dans les rideaux déjà tout mangés, elles se traînaient, tombaient, volaient, grimpaient aux murs blancs avec une ombre gigantesque qui doublait leur laideur. Et toujours cette odeur épouvantable. A dîner, il fallut se passer d'eau. Les citernes, les bassins, les puits, les viviers, tout était infecté. Le soir, dans ma chambre, où l'on en avait pourtant tué des quantités, j'entendis encore des grouillements sous les meubles, et ce craquement d'élytres sembla-

ble au pétillement des gousses qui éclatent à la grande
chaleur. Cette nuit-là non plus je ne pus pas dormir. D'ailleurs autour de la ferme tout restait éveillé. Des flammes
couraient au ras du sol d'un bout à l'autre de la plaine.
Les turcos en tuaient toujours.

Le lendemain, quand j'ouvris ma fenêtre comme la
veille, les sauterelles étaient parties; mais quelle ruine elles
avaient laissée derrière elles! Plus une fleur, plus un brin
d'herbe, tout était noir, rongé, calciné. Les bananiers, les
abricotiers, les pêchers, les mandariniers, se reconnaissaient seulement à l'allure de leurs branches dépouillées,
sans le charme, le flottant de la feuille qui est la vie de
l'arbre. On nettoyait les pièces d'eau, les citernes. Partout
des laboureurs creusaient la terre pour tuer les œufs laissés
par les insectes. Chaque motte était retournée, brisée soi-
gneusement. Et le cœur se serrait de voir les mille racines
blanches, pleines de sève, qui apparaissaient dans ces
écroulements de terre fertile...

L'ÉLIXIR DU RÉVÉREND PÈRE GAUCHER

– Buvez ceci, mon voisin; vous m'en direz des nouvelles.

Et, goutte à goutte, avec le soin minutieux d'un lapidaire comptant des perles, le curé de Graveson me versa deux doigts d'une liqueur verte, dorée, chaude, étincelante, exquise... J'en eus l'estomac tout ensoleillé.

– C'est l'élixir du Père Gaucher, la joie et la santé de notre Provence, me fit le brave homme d'un air triomphant; on le fabrique au couvent des Prémontrés, à deux lieues de votre moulin... N'est-ce pas que cela vaut bien toutes les chartreuses du monde?... Et si vous saviez comme elle est amusante, l'histoire de cet élixir! Écoutez plutôt...

Alors, tout naïvement, sans y entendre malice, dans cette salle à manger de presbytère, si candide et si calme

avec son Chemin de la croix en petits tableaux et ses jolis
rideaux clairs empesés comme des surplis, l'abbé me
commença une historiette légèrement sceptique et irrévé-
rencieuse, à la façon d'un conte d'Erasme ou de
d'Assoucy :

— Il y a vingt ans, les Prémontrés, ou plutôt les Pères
blancs, comme les appellent nos Provençaux, étaient tombés dans une grande misère. Si vous aviez vu leur maison
de ce temps-là, elle vous aurait fait peine.

Le grand mur, la tour Pacôme, s'en allaient en morceaux. Tout autour du cloître rempli d'herbes, les colonnettes se fendaient, les saints de pierre croulaient dans
leurs niches. Pas un vitrail debout, pas une porte qui tînt.
Dans les préaux, dans les chapelles, le vent du Rhône
soufflait comme en Camargue, éteignant les cierges, cas-
sant le plomb des vitrages, chassant l'eau des bénitiers.
Mais le plus triste de tout, c'était le clocher du couvent,
silencieux comme un pigeonnier vide ; et les Pères, faute
d'argent pour s'acheter une cloche, obligés de sonner
matines avec des cliquettes de bois d'amandier !...

Pauvres Pères blancs ! Je les vois encore, à la procession
de la Fête-Dieu, défilant tristement dans leurs capes rapié-
cées, pâles, maigres, nourris de *citres* et de pastèques, et
derrière eux monseigneur l'abbé, qui venait la tête basse,
tout honteux de montrer au soleil sa crosse dédorée et sa
mitre de laine blanche mangée des vers. Les dames de la
confrérie en pleuraient de pitié dans les rangs, et les gros

porte-bannière ricanaient entre eux tout bas en se montrant les pauvres moines :

— Les étourneaux vont maigres quand ils vont en troupe.

Le fait est que les infortunés Pères blancs en étaient arrivés eux-mêmes à se demander s'ils ne feraient pas mieux de prendre leur vol à travers le monde et de chercher pâture chacun de son côté.

Or, un jour que cette grave question se débattait dans le chapitre, on vint annoncer au prieur que le frère Gaucher demandait à être entendu au conseil... Vous saurez pour votre gouverne que ce frère Gaucher était le bouvier du couvent; c'est-à-dire qu'il passait ses journées à rouler d'arcade en arcade dans le cloître, en poussant devant lui deux vaches étiques qui cherchaient l'herbe aux fentes des pavés. Nourri jusqu'à douze ans par une vieille folle du pays des Baux, qu'on appelait tante Bégon, recueilli depuis chez les moines, le malheureux bouvier n'avait jamais pu rien apprendre qu'à conduire ses bêtes et à réciter son *Pater noster;* encore le disait-il en provençal, car il avait la cervelle dure et l'esprit comme une dague de plomb. Fervent chrétien du reste, quoique un peu visionnaire, à l'aise sous le cilice et se donnant la discipline avec une conviction robuste, et des bras!...

Quand on le vit entrer dans la salle du chapitre, simple et balourd, saluant l'assemblée la jambe en arrière, prieur, chanoines, argentier, tout le monde se mit à rire. C'était toujours l'effet que produisait, quand elle arrivait quelque part, cette bonne face grisonnante avec sa barbe de

chèvre et ses yeux un peu fous; aussi le frère Gaucher ne
s'en émut pas.

— Mes révérends, fit-il d'un ton bonasse en tortillant
son chapelet de noyaux d'olives, on a bien raison de dire
que ce sont les tonneaux vides qui chantent le mieux.
Figurez-vous qu'à force de creuser ma pauvre tête déjà si
creuse, je crois que j'ai trouvé le moyen de nous tirer tous
de peine.

« Voici comment. Vous savez bien tante Bégon, cette
brave femme qui me gardait quand j'étais petit. (Dieu ait
son âme, la vieille coquine! elle chantait de bien vilaines
chansons après boire.) Je vous dirai donc, mes révérends
pères, que tante Bégon, de son vivant, se connaissait aux
herbes de montagnes autant et mieux qu'un vieux merle
de Corse. Voire, elle avait composé sur la fin de ses jours
un élixir incomparable en mélangeant cinq ou six espèces
de simples que nous allions cueillir ensemble dans les
Alpilles. Il y a belles années de cela; mais je pense qu'avec
l'aide de saint Augustin et la permission de notre père
abbé, je pourrais — en cherchant bien — retrouver la
composition de ce mystérieux élixir. Nous n'aurions plus
alors qu'à le mettre en bouteilles, et à le vendre un peu
cher, ce qui permettrait à la communauté de s'enrichir
doucettement, comme ont fait nos frères de la Trappe et
de la Grande... »

Il n'eut pas le temps de finir. Le prieur s'était levé pour
lui sauter au cou. Les chanoines lui prenaient les mains.
L'argentier, encore plus ému que tous les autres, lui baisait
avec respect le bord effrangé de sa cucule... Puis chacun

revint à sa chaire pour délibérer; et, séance tenante, le chapitre décida qu'on confierait les vaches au frère Thrasybule, pour que le frère Gaucher pût se donner tout entier à la confection de son élixir.

Comment le bon frère parvint-il à retrouver la recette de tante Bégon? au prix de quels efforts? au prix de quelles veilles? L'histoire ne le dit pas. Seulement, ce qui est sûr, c'est qu'au bout de six mois, l'élixir des Pères blancs était déjà très populaire. Dans tout le Comtat, dans tout le pays d'Arles, pas un *mas,* pas une grange qui n'eût au fond de sa *dépense,* entre les bouteilles de vin cuit et les jarres d'olives à la picholine, un petit flacon de terre brune cacheté aux armes de Provence, avec un moine en extase sur une étiquette d'argent. Grâce à la vogue de son élixir, la maison des Prémontrés s'enrichit très rapidement. On releva la tour Pacôme. Le prieur eut une mitre neuve, l'église de jolis vitraux ouvragés; et, dans la fine dentelle du clocher, toute une compagnie de cloches et de clochettes vint s'abattre, un beau matin de Pâques, tintant et carillonnant à la grande volée.

Quant au frère Gaucher, ce pauvre frère lai dont les rusticités égayaient tant le chapitre, il n'en fut plus question dans le couvent. On ne connut plus désormais que le Révérend Père Gaucher, homme de tête et de grand savoir, qui vivait complètement isolé des occupations si menues et si multiples du cloître, et s'enfermait tout le jour dans sa distillerie, pendant que trente moines bat-

taient la montagne pour lui chercher des herbes odorantes... Cette distillerie, où personne, pas même le prieur,
n'avait le droit de pénétrer, était une ancienne chapelle
abandonnée, tout au bout du jardin des chanoines. La
simplicité des bons pères en avait fait quelque chose de
mystérieux et de formidable; et si, par aventure, un moi-
nillon hardi et curieux, s'accrochant aux vignes grimpan-
tes, arrivait jusqu'à la rosace du portail, il en dégringolait
bien vite, effaré d'avoir vu le Père Gaucher, avec sa barbe
de nécromant, penché sur ses fourneaux, le pèse-liqueur
à la main; puis, tout autour, des cornues de grès rose, des
alambics gigantesques, des serpentins de cristal, tout un
encombrement bizarre qui flamboyait ensorcelé dans la
lueur rouge des vitraux...

Au jour tombant, quand sonnait le dernier Angélus, la
porte de ce lieu de mystère s'ouvrait discrètement, et le
révérend se rendait à l'église pour l'office du soir. Il fallait
voir quel accueil quand il traversait le monastère! Les frères faisaient la haie sur son passage. On disait :

— Chut!... il a le secret!...

L'argentier le suivait et lui parlait la tête basse... Au
milieu de ces adulations, le père s'en allait en s'épongeant
le front, son tricorne aux larges bords posé en arrière
comme une auréole, regardant autour de lui d'un air de
complaisance les grandes cours plantées d'orangers, les
toits bleus où tournaient des girouettes neuves, et, dans
le cloître éclatant de blancheur — entre les colonnettes élé-
gantes et fleuries — les chanoines habillés de frais qui
défilaient deux par deux avec des mines reposées.

— C'est à moi qu'ils doivent tout cela ! se disait le révérend en lui-même ; et chaque fois cette pensée lui faisait monter des bouffées d'orgueil.

Le pauvre homme en fut bien puni. Vous allez voir...

Figurez-vous qu'un soir, pendant l'office, il arriva à l'église dans une agitation extraordinaire : rouge, essoufflé, le capuchon de travers, et si troublé qu'en prenant de l'eau bénite il y trempa ses manches jusqu'au coude. On crut d'abord que c'était l'émotion d'arriver en retard ; mais quand on le vit faire de grandes révérences à l'orgue et aux tribunes au lieu de saluer le maître-autel, traverser l'église en coup de vent, errer dans le chœur pendant cinq minutes pour chercher sa stalle, puis une fois assis, s'incliner de droite et de gauche en souriant d'un air béat, un murmure d'étonnement courut dans les trois nefs. On chuchotait de bréviaire à bréviaire :

— Qu'a donc notre Père Gaucher ?... Qu'a donc notre Père Gaucher ?

Par deux fois le prieur, impatienté, fit tomber sa crosse sur les dalles pour commander le silence... Là-bas, au fond du chœur, les psaumes allaient toujours ; mais les répons manquaient d'entrain...

Tout à coup, au beau milieu de l'*Ave verum*, voilà mon Père Gaucher qui se renverse dans sa stalle et entonne d'une voix éclatante :

> Dans Paris, il y a un Père blanc,
> Patatin, patatan, tarabin, taraban...

Consternation générale. Tout le monde se lève. On crie :

— Emportez-le... il est possédé !

Les chanoines se signent. La crosse de monseigneur se démène... Mais le Père Gaucher ne voit rien, n'écoute rien ; et deux moines vigoureux sont obligés de l'entraîner par la petite porte du chœur, se débattant comme un exorcisé et continuant de plus belle ses *patatin* et ses *taraban.*

Le lendemain, au petit jour, le malheureux était à genoux dans l'oratoire du prieur, et faisait sa *coulpe* avec un ruisseau de larmes :

— C'est l'élixir, Monseigneur, c'est l'élixir qui m'a surpris, disait-il en se frappant la poitrine. Et de le voir si marri, si repentant, le bon prieur en était tout ému lui-même.

— Allons, allons, Père Gaucher, calmez-vous, tout cela séchera comme la rosée au soleil... Après tout, le scandale n'a pas été aussi grand que vous pensez. Il y a bien eu la chanson qui était un peu... hum ! hum !... Enfin il faut espérer que les novices ne l'auront pas entendue... A présent, voyons, dites-moi bien comment la chose vous est arrivée... C'est en essayant l'élixir, n'est-ce pas ? Vous aurez eu la main trop lourde... Oui, oui, je comprends... C'est comme le frère Schwartz, l'inventeur de la pou-

dre : vous avez été victime de votre invention... Et dites-
moi, mon brave ami, est-il bien nécessaire que vous
l'essayiez sur vous-même, ce terrible élixir?

— Malheureusement, oui, Monseigneur... l'éprouvette
me donne bien la force et le degré de l'alcool; mais pour
le fini, le velouté, je ne me fie guère qu'à ma langue...

— Ah! très bien... Mais écoutez encore un peu que je
vous dise... Quand vous goûtez ainsi l'élixir par nécessité,
est-ce que cela vous semble bon? Y prenez-vous du plaisir?...

— Hélas! oui, Monseigneur, fit le malheureux Père en
devenant tout rouge... Voilà deux soirs que je lui trouve
un bouquet, un arôme!... C'est pour sûr le démon qui m'a
joué ce vilain tour... Aussi je suis bien décidé désormais
à ne plus me servir que de l'éprouvette. Tant pis si la
liqueur n'est pas assez fine, si elle ne fait pas assez la
perle...

— Gardez-vous-en bien, interrompit le prieur avec
vivacité. Il ne faut pas s'exposer à mécontenter la clien-
tèle... Tout ce que vous avez à faire maintenant que vous
voilà prévenu, c'est de vous tenir sur vos gardes...
Voyons, qu'est-ce qu'il vous faut pour vous rendre
compte?... Quinze ou vingt gouttes, n'est-ce pas?... mettons vingt gouttes... Le diable sera bien fin s'il vous
attrape avec vingt gouttes... D'ailleurs, pour prévenir tout
accident, je vous dispense dorénavant de venir à l'église.
Vous direz l'office du soir dans la distillerie... Et maintenant, allez en paix, mon Révérend, et surtout... comptez
bien vos gouttes...

Hélas! le pauvre Révérend eut beau compter ses gouttes... le démon le tenait, et ne le lâcha plus.

C'est la distillerie qui entendit de singuliers offices!

Le jour, encore, tout allait bien. Le Père était assez
calme : il préparait ses réchauds, ses alambics, triait soi-
gneusement ses herbes, toutes herbes de Provence, fines,
grises, dentelées, brûlées de parfums et de soleil... Mais,
le soir, quand les simples étaient infusés et que l'élixir tié-
dissait dans de grandes bassines de cuivre rouge, le martyre du pauvre homme commençait.

– ... Dix-sept... dix-huit... dix-neuf... vingt!...

Les gouttes tombaient du chalumeau dans le gobelet de
vermeil. Ces vingt-là, le père les avalait d'un trait, presque
sans plaisir. Il n'y avait que la vingt et unième qui lui faisait envie. Oh! cette vingt et unième goutte!... Alors,
pour échapper à la tentation, il allait s'agenouiller tout au
bout du laboratoire et s'abîmait dans ses patenôtres. Mais
de la liqueur encore chaude il montait une petite fumée
toute chargée d'aromates, qui venait rôder autour de lui
et, bon gré mal gré, le ramenait vers les bassines... La
liqueur était d'un beau vert doré... Penché dessus, les narines ouvertes, le père la remuait tout doucement avec son
chalumeau, et dans les petites paillettes étincelantes que
roulait le flot d'émeraude, il lui semblait voir les yeux de
tante Bégon qui riaient et pétillaient en le regardant...

– Allons! encore une goutte!

Et de goutte en goutte, l'infortuné finissait par avoir

son gobelet plein jusqu'au bord. Alors, à bout de forces, il se laissait tomber dans un grand fauteuil, et, le corps abandonné, la paupière à demi close, il dégustait son péché par petits coups, en se disant tout bas avec un remords délicieux :

— Ah! je me damne... je me damne...

Le plus terrible, c'est qu'au fond de cet élixir diabolique il retrouvait, par je ne sais quel sortilège, toutes les vilaines chansons de tante Bégon : *Ce sont trois petites commères, qui parlent de faire un banquet...,* ou : *Bergerette de maître André s'en va-t-au bois seulette...* et toujours la fameuse des Pères blancs : *Patatin patatan.*

Pensez quelle confusion le lendemain, quand ses voisins de cellule lui faisaient d'un air malin :

— Eh! eh! Père Gaucher, vous aviez des cigales en tête, hier soir en vous couchant.

Alors c'étaient des larmes, des désespoirs, et le jeûne, et le cilice, et la discipline. Mais rien ne pouvait contre le démon de l'élixir; et tous les soirs, à la même heure, la possession recommençait.

Pendant ce temps, les commandes pleuvaient à l'abbaye que c'était une bénédiction. Il en venait de Nîmes, d'Aix, d'Avignon, de Marseille... De jour en jour le couvent prenait un petit air de manufacture. Il y avait des frères emballeurs, des frères étiqueteurs, d'autres pour les écritures, d'autres pour le camionnage; le service de Dieu y perdait bien par-ci par-là quelques coups de cloches; mais les pauvres gens du pays n'y perdaient rien, je vous en réponds...

Et donc, un beau dimanche matin, pendant que l'argentier lisait en plein chapitre son inventaire de fin d'année et que les bons chanoines l'écoutaient les yeux brillants et le sourire aux lèvres, voilà le Père Gaucher qui se précipite au milieu de la conférence en criant :

— C'est fini... Je n'en fais plus... Rendez-moi mes vaches.

— Qu'est-ce qu'il y a donc, Père Gaucher? demanda le prieur, qui se doutait bien un peu de ce qu'il y avait.

— Ce qu'il y a, Monseigneur?... Il y a que je suis en train de me préparer une belle éternité de flammes et de coups de fourche... Il y a que je bois, que je bois comme un misérable...

— Mais je vous avais dit de compter vos gouttes.

— Ah! bien oui, compter mes gouttes! c'est par gobelets qu'il faudrait compter maintenant... Oui, mes Révérends, j'en suis là. Trois fioles par soirée... Vous comprenez bien que cela ne peut pas durer... Aussi, faites faire l'élixir par qui vous voudrez... Que le feu de Dieu me brûle si je m'en mêle encore!

C'est le chapitre qui ne riait plus.

— Mais, malheureux, vous nous ruinez! criait l'argentier en agitant son grand livre.

— Préférez-vous que je me damne?

Pour lors, le prieur se leva.

— Mes Révérends, dit-il en étendant sa belle main blanche où luisait l'anneau pastoral, il y a moyen de tout arranger... C'est le soir, n'est-ce pas, mon cher fils, que le démon vous tente?...

— Oui, monsieur le prieur, régulièrement tous les soirs... Aussi, maintenant, quand je vois arriver la nuit, j'en ai, sauf votre respect, les sueurs qui me prennent, comme l'âne de Capitou quand il voyait venir le bât.

— Eh bien! rassurez-vous... Dorénavant, tous les soirs, à l'office, nous réciterons à votre intention l'oraison de saint Augustin, à laquelle l'indulgence plénière est attachée... Avec cela, quoi qu'il arrive, vous êtes à couvert... C'est l'absolution pendant le péché.

— Oh bien! alors, merci, monsieur le prieur!

Et, sans en demander davantage, le Père Gaucher retourna à ses alambics, aussi léger qu'une alouette.

Effectivement, à partir de ce moment-là, tous les soirs, à la fin des complies, l'officiant ne manquait jamais de dire :

— Prions pour notre pauvre Père Gaucher, qui sacrifie son âme aux intérêts de la communauté... *Oremus Domine...*

Et pendant que sur toutes ces capuches blanches, prosternées dans l'ombre des nefs, l'oraison courait en frémissant comme une petite bise sur la neige, là-bas, tout au bout du couvent, derrière le vitrage enflammé de la distillerie, on entendait le Père Gaucher qui chantait à tue-tête :

Dans Paris il y a un Père blanc,
Patatin, patatan, taraban, tarabin;

Dans Paris il y a un Père blanc
Qui fait danser des moinettes,
Trin, trin, trin, dans un jardin.
Qui fait danser des...

... Ici le bon curé s'arrêta plein d'épouvante :
— Miséricorde! si mes paroissiens m'entendaient!

EN CAMARGUE

EN CAMARGUE

I

LE DÉPART

Grande rumeur au château. Le messager vient d'apporter un mot du garde, moitié en français, moitié en provençal, annonçant qu'il y a eu déjà deux ou trois beaux passages de *Galéjons,* de *Charlottines,* et que les *oiseaux de prime* non plus ne manquaient pas.

« Vous êtes des nôtres! » m'ont écrit mes aimables voisins; et ce matin, au petit jour de cinq heures, leur grand break, chargé de fusils, de chiens, de victuailles, est venu me prendre au bas de la côte. Nous voilà roulant sur la route d'Arles, un peu sèche, un peu dépouillée, par ce matin de décembre où la verdure pâle des oliviers est à

peine visible, et la verdure crue des chênes-kermès un peu
trop hivernale et factice. Les étables se remuent. Il y a
des réveils avant le jour qui allument la vitre des fermes;
et dans les découpures de pierre de l'abbaye de Montma-
jour, des orfraies encore engourdies de sommeil battent
de l'aile parmi les ruines. Pourtant nous croisons déjà le
long des fossés de vieilles paysannes qui vont au marché
au trot de leurs bourriquets. Elles viennent de la Ville-des-
Baux. Six grandes lieues pour s'asseoir une heure sur les
marches de Saint-Trophyme et vendre des petits paquets
de simples ramassés dans la montagne!...

Maintenant voici les remparts d'Arles; des remparts
bas et crénelés, comme on en voit sur les anciennes estam-
pes où des guerriers armés de lances apparaissent en haut
de talus moins grands qu'eux. Nous traversons au galop
cette merveilleuse petite ville, une des plus pittoresques de
France, avec ses balcons sculptés, arrondis, s'avançant
comme des moucharabieh jusqu'au milieu des rues étroites, avec ses vieilles maisons noires aux petites portes,
moresques, ogivales et basses, qui vous reportent au temps
de Guillaume Court-Nez et des Sarrasins. A cette heure,
il n'y a encore personne dehors. Le quai du Rhône seul
est animé. Le bateau à vapeur qui fait le service de la
Camargue chauffe au bas des marches, prêt à partir. Des
ménagers en veste de cadis roux, des filles de La Roquette
qui vont se louer pour des travaux des fermes, montent
sur le pont avec nous, causant et riant entre eux. Sous les
longues mantes brunes rabattues à cause de l'air vif du
matin, la haute coiffure arlésienne fait la tête élégante et

petite avec un joli grain d'effronterie, une envie de se dresser pour lancer le rire ou la malice plus loin... La cloche sonne ; nous partons. Avec la triple vitesse du Rhône, de l'hélice, du mistral, les deux rivages se déroulent. D'un côté c'est la Crau, une plaine aride, pierreuse. De l'autre, la Camargue, plus verte, qui prolonge jusqu'à la mer son herbe courte et ses marais pleins de roseaux.

De temps en temps le bateau s'arrête près d'un ponton, à gauche ou à droite, à Empire ou à Royaume, comme on disait au Moyen Age, du temps du Royaume d'Arles, et comme les vieux mariniers du Rhône disent encore aujourd'hui. A chaque ponton, une ferme blanche, un bouquet d'arbres. Les travailleurs descendent chargés d'outils, les femmes leur panier au bras, droites sur la passerelle. Vers Empire ou vers Royaume peu à peu le bateau se vide, et quand il arrive au ponton du Mas-de-Giraud où nous descendons, il n'y a presque plus personne à bord.

Le Mas-de-Giraud est une vieille ferme des seigneurs de Barbentane, où nous entrons pour attendre le garde qui doit venir nous chercher. Dans la haute cuisine, tous les hommes de la ferme, laboureurs, vignerons, bergers, bergerots, sont attablés, graves, silencieux, mangeant lentement, et servis par les femmes qui ne mangeront qu'après. Bientôt le garde paraît avec la carriole. Vrai type à la Fenimore, trappeur de terre et d'eau, garde-pêche et garde-chasse, les gens du pays l'appellent *lou Roudeïroù* (le rôdeur), parce qu'on le voit toujours, dans les brumes d'aube ou de jour tombant, caché pour l'affût parmi les roseaux, ou bien immobile dans son petit bateau, occupé à surveiller ses nasses sur les *clairs* (les étangs) et les *roubines* (canaux d'irrigation). C'est peut-être ce métier d'éternel guetteur qui le rend aussi silencieux, aussi concentré. Pourtant, pendant que la petite carriole chargée de fusils et de paniers marche devant nous, il nous donne des nouvelles de la chasse, le nombre des passages, les quartiers où les oiseaux voyageurs se sont abattus. Tout en causant, on s'enfonce dans le pays.

Les terres cultivées dépassées, nous voici en pleine Camargue sauvage. A perte de vue, parmi les pâturages, des marais, des roubines, luisent dans les salicornes. Des bouquets de tamaris et de roseaux font des îlots comme sur une mer calme. Pas d'arbres hauts. L'aspect uni, immense, de la plaine n'est pas troublé. De loin en loin, des parcs de bestiaux étendent leurs toits bas presque au ras de terre. Des troupeaux dispersés, couchés dans les herbes salines, ou cheminant serrés autour de la cape rousse du berger, n'interrompent pas la grande ligne uniforme, amoindris qu'ils sont par cet espace infini d'horizons bleus et de ciel ouvert. Comme de la mer unie malgré ses vagues, il se dégage de cette plaine un sentiment de solitude, d'immensité, accru encore par le mistral qui souffle sans relâche, sans obstacle, et qui, de son haleine puissante, semble aplanir, agrandir le paysage. Tout se courbe devant lui. Les moindres arbustes gardent l'empreinte de son passage, en restent tordus, couchés vers le sud dans l'attitude d'une fuite perpétuelle...

II

LA CABANE

Un toit de roseaux, des murs de roseaux desséchés et jaunes, c'est la cabane. Ainsi s'appelle notre rendez-vous de chasse. Type de la maison camarguaise, la cabane se compose d'une unique pièce, haute, vaste, sans fenêtre, et prenant jour par une porte vitrée qu'on ferme le soir avec des volets pleins. Tout le long des grands murs crépis, blanchis à la chaux, des râteliers attendent les fusils, les carniers, les bottes de marais. Au fond, cinq ou six berceaux sont rangés autour d'un vrai mât planté au sol et montant jusqu'au toit auquel il sert d'appui. La nuit, quand le mistral souffle et que la maison craque de partout, avec la mer lointaine et le vent qui la rapproche, porte son bruit, le continue en l'enflant, on se croirait couché dans la chambre d'un bateau.

Mais c'est l'après-midi surtout que la cabane est charmante. Par nos belles journées d'hiver méridional, j'aime rester tout seul près de la haute cheminée où fument quelques pieds de tamaris. Sous les coups du mistral ou de la tramontane, la porte saute, les roseaux crient, et toutes ces secousses sont un bien petit écho du grand ébranlement de la nature autour de moi. Le soleil d'hiver fouetté par l'énorme courant s'éparpille, joint ses rayons, les disperse. De grandes ombres courent sous un ciel bleu admirable. La lumière arrive par saccades, les bruits aussi; et les sonnailles des troupeaux entendues tout à coup, puis oubliées, perdues dans le vent, reviennent chanter sous la porte ébranlée avec le charme d'un refrain... L'heure exquise, c'est le crépuscule, un peu avant que les chasseurs n'arrivent. Alors le vent s'est calmé. Je sors un moment. En paix le grand soleil rouge descend, enflammé, sans chaleur. La nuit tombe, vous frôle en passant de son aile noire tout humide. Là-bas, au ras du sol, la lumière d'un coup de feu passe avec l'éclat d'une étoile rouge avivée par l'ombre environnante. Dans ce qui reste de jour, la vie se hâte. Un long triangle de canards vole très bas, comme s'ils voulaient prendre terre; mais tout à coup la cabane, où le *caleil* est allumé, les éloigne : celui qui tient la tête de la colonne dresse le cou, remonte, et tous les autres derrière lui s'emportent plus haut avec des cris sauvages.

Bientôt un piétinement immense se rapproche, pareil à un bruit de pluie. Des milliers de moutons, rappelés par les bergers, harcelés par les chiens, dont on entend le galop confus et l'haleine haletante, se pressent vers les parcs, peureux et indisciplinés. Je suis envahi, frôlé, confondu dans ce tourbillon de laines frisées, de bêlements; une houle véritable où les bergers semblent portés avec leur ombre par des flots bondissants... Derrière les troupeaux, voici des pas connus, des voix joyeuses. La cabane est pleine, animée, bruyante. Les sarments flambent. On rit d'autant plus qu'on est plus las. C'est un étourdissement d'heureuse fatigue, les fusils dans un coin, les grandes bottes jetées pêle-mêle, les carniers vides, et à côté les plumages roux, dorés, verts, argentés, tout tachés de sang. La table est mise; et dans la fumée d'une bonne soupe d'anguilles, le silence se fait, le grand silence des appétits robustes, interrompu seulement par les grognements féroces des chiens qui lapent leur écuelle à tâtons devant la porte...

La veillée sera courte. Déjà près du feu, clignotant lui aussi, il ne reste plus que le garde et moi. Nous causons, c'est-à-dire nous nous jetons de temps en temps l'un à l'autre des demi-mots à la façon des paysans, de ces interjections presque indiennes, courtes et vite éteintes comme les dernières étincelles des sarments consumés. Enfin le garde se lève, allume sa lanterne, et j'écoute son pas lourd qui se perd dans la nuit...

III

A L'ESPÈRE! (A L'AFFUT!)

L'*espère!* quel joli nom pour désigner l'affût, l'attente du chasseur embusqué, et ces heures indécises où tout attend, *espère,* hésite entre le jour et la nuit. L'affût du matin un peu avant le lever du soleil, l'affût du soir au crépuscule. C'est le dernier que je préfère, surtout dans ces pays marécageux où l'eau des *clairs* garde si longtemps la lumière...

Quelquefois on tient l'affût dans le *negochin* (le nayechien), un tout petit bateau sans quille étroit roulant au moindre mouvement. Abrité par les roseaux, le chasseur guette les canards du fond de sa barque, que dépassent seulement la visière d'une casquette, le canon du fusil et la tête du chien flairant le vent, happant les moustiques, ou bien de ses grosses pattes étendues penchant tout le bateau d'un côté et le remplissant d'eau. Cet affût-là est trop compliqué pour mon inexpérience. Aussi, le plus souvent, je vais à l'*espère* à pied, barbotant en plein marécage avec d'énormes bottes taillées dans toute la longueur du cuir. Je marche lentement, prudemment, de peur de m'envaser. J'écarte les roseaux pleins d'odeurs saumâtres et de sauts de grenouilles...

Enfin, voici un îlot de tamaris, un coin de terre sèche où je m'installe. Le garde, pour me faire honneur, a laissé son chien avec moi; un énorme chien des Pyrénées à grande toison blanche, chasseur et pêcheur de premier ordre, et dont la présence ne laisse pas que de m'intimider un peu. Quand une poule d'eau passe à ma portée, il a une certaine façon ironique de me regarder en rejetant en arrière, d'un coup de tête à l'artiste, deux longues oreilles flasques qui lui pendent dans les yeux; puis des poses à l'arrêt, des frétillements de queue, toute une mimique d'impatience pour me dire :

— Tire... tire donc!

Je tire, je manque. Alors, allongé de tout son corps, il bâille et s'étire d'un air las, découragé, et insolent...

Eh bien! oui, j'en conviens, je suis un mauvais chasseur. L'affût, pour moi, c'est l'heure qui tombe, la lumière diminuée, réfugiée dans l'eau, les étangs qui luisent, polissant jusqu'au ton de l'argent fin la teinte grise du ciel assombri. J'aime cette odeur d'eau, ce frôlement mystérieux des insectes dans les roseaux, ce petit murmure des longues feuilles qui frissonnent. De temps en temps, une note triste passe et roule dans le ciel comme un ronflement de conque marine. C'est le butor qui plonge au fond de l'eau son bec immense d'oiseau-pêcheur et souffle... rrrououou! Des vols de grues filent sur ma tête. J'entends le froissement des plumes, l'ébouriffement du duvet dans l'air vif, et jusqu'au craquement de la petite armature surmenée. Puis, plus rien. C'est la nuit, la nuit profonde, avec un peu de jour resté sur l'eau...

Tout à coup j'éprouve un tressaillement, une espèce de gêne nerveuse, comme si j'avais quelqu'un derrière moi. Je me retourne, et j'aperçois le compagnon des belles nuits, la lune, une large lune toute ronde, qui se lève doucement, avec un mouvement d'ascension d'abord très sensible, et se ralentissant à mesure qu'elle s'éloigne de l'horizon.

Déjà un premier rayon est distinct près de moi, puis un autre un peu plus loin... Maintenant tout le marécage est allumé. La moindre touffe d'herbe a son ombre. L'affût est fini, les oiseaux nous voient : il faut rentrer. On marche au milieu d'une inondation de lumière bleue, légère, poussiéreuse ; et chacun de nos pas dans les *clairs,* dans les *roubines,* y remue des tas d'étoiles tombées et des rayons de lune qui traversent l'eau jusqu'au fond.

IV

LE ROUGE ET LE BLANC

Tout près de chez nous, à une portée de fusil de la cabane, il y en a une autre qui lui ressemble, mais plus rustique. C'est là que notre garde habite avec sa femme et ses deux aînés : la fille, qui soigne le repas des hommes, raccommode les filets de pêche; le garçon, qui aide son père à relever les nasses, à surveiller les *martilières* (vannes) des étangs. Les deux plus jeunes sont à Arles, chez la grand-mère; et ils y resteront jusqu'à ce qu'ils aient appris à lire et qu'ils aient fait leur *bon jour* (première communion), car ici on est trop loin de l'église et de l'école, et puis l'air de la Camargue ne vaudrait rien pour ces petits. Le fait est que, l'été venu, quand les marais sont à sec et que la vase blanche des *roubines* se crevasse à la grande chaleur, l'île n'est vraiment pas habitable.

J'ai vu cela une fois au mois d'août, en venant tirer les hallebrands, et je n'oublierai jamais l'aspect triste et féroce de ce paysage embrasé. De place en place, les étangs fumaient au soleil comme d'immenses cuves, gardant tout au fond un reste de vie qui s'agitait, un grouillement de salamandres, d'araignées, de mouches d'eau cherchant des coins humides. Il y avait là un air de peste, une brume de miasmes lourdement flottante qu'épaississaient encore d'innombrables tourbillons de moustiques. Chez le garde,

tout le monde grelottait, tout le monde avait la fièvre,
et c'était pitié de voir les visages jaunes, tirés, les yeux
cerclés, trop grands, de ces malheureux condamnés à se
traîner, pendant trois mois, sous ce plein soleil inexorable
qui brûle les fiévreux sans les réchauffer... Triste et péni-
ble vie que celle de garde-chasse en Camargue! Encore
celui-là a sa femme et ses enfants près de lui; mais à deux
lieues plus loin, dans le marécage, demeure un gardien de
chevaux qui, lui, vit absolument seul d'un bout de l'année
à l'autre et mène une véritable existence de Robinson.
Dans sa cabane de roseaux, qu'il a construite lui-même,
pas un ustensile qui ne soit son ouvrage, depuis le hamac
d'osier tressé, les trois pierres noires assemblées en
foyer, les pieds de tamaris taillés en escabeaux, jusqu'à la
serrure et la clé de bois blanc fermant cette singulière
habitation.

L'homme est au moins aussi étrange que son logis.
C'est une espèce de philosophe silencieux comme les soli-
taires, abritant sa méfiance de paysan sous d'épais sourcils
en broussailles. Quand il n'est pas dans le pâturage, on
le trouve assis devant sa porte, déchiffrant lentement,
avec une application enfantine et touchante, une de ces
petites brochures roses, bleues ou jaunes, qui entourent les
fioles pharmaceutiques dont il se sert pour ses chevaux.
Le pauvre diable n'a pas d'autre distraction que la lecture,
ni d'autres livres que ceux-là. Quoique voisins de cabane,
notre garde et lui ne se voient pas. Ils évitent même de
se rencontrer. Un jour que je demandais au *roudeïroù* la
raison de cette antipathie, il me répondit d'un air grave :

– C'est à cause des opinions... Il est rouge, et moi je suis blanc.

Ainsi, même dans ce désert dont la solitude aurait dû les rapprocher, ces deux sauvages, aussi ignorants, aussi naïfs l'un que l'autre, ces deux bouviers de Théocrite, qui vont à la ville à peine une fois par an et à qui les petits cafés d'Arles, avec leurs dorures et leurs glaces, donnent l'éblouissement du palais des Ptolémées, ont trouvé moyen de se haïr au nom de leurs convictions politiques !

V

LE VACCARÈS

Ce qu'il y a de plus beau en Camargue, c'est le Vaccarès. Souvent, abandonnant la chasse, je viens m'asseoir au bord de ce lac salé, une petite mer qui semble un morceau de la grande, enfermé dans les terres et devenu familier par sa captivité même. Au lieu de ce dessèchement, de cette aridité qui attristent d'ordinaire les côtes, le Vaccarès, sur son rivage un peu haut, tout vert d'herbe fine, veloutée, étale une flore originale et charmante : des centaurées, des trèfles d'eau, des gentianes, et ces jolies *saladelles,* bleues en hiver, rouges en été, qui transforment leur couleur au changement d'atmosphère, et dans une floraison ininterrompue marquent les saisons de leurs tons divers.

Vers cinq heures du soir, à l'heure où le soleil décline,

ces trois lieues d'eau sans une barque, sans une voile pour limiter, transformer leur étendue, ont un aspect admirable. Ce n'est plus le charme intime des *clairs,* des *roubines,* apparaissant de distance en distance entre les plis d'un terrain marneux sous lequel on sent l'eau filtrer partout, prête à se montrer à la moindre dépression du sol. Ici, l'impression est grande, large.

De loin, ce rayonnement de vagues attire des troupes de macreuses, des hérons, des butors, des flamants au ventre blanc, aux ailes roses, s'alignant pour pêcher tout le long du rivage, de façon à disposer leurs teintes diverses en une longue bande égale ; et puis des ibis, de vrais ibis d'Egypte, bien chez eux dans ce soleil splendide et ce paysage muet. De ma place, en effet, je n'entends rien que l'eau qui clapote, et la voix du gardien qui rappelle ses chevaux dispersés sur le bord. Ils ont tous des noms retentissants : « Cifer!... (Lucifer). L'Estello!... L'Estournello!... » Chaque bête, en s'entendant nommer, accourt, la crinière au vent, et vient manger l'avoine dans la main du gardien...

Plus loin, toujours sur la même rive, se trouve une grande *manado* (troupeau) de bœufs paissant en liberté comme les chevaux. De temps en temps, j'aperçois au-dessus d'un bouquet de tamaris l'arête de leurs dos courbés, et leurs petites cornes en croissant qui se dressent. La plupart de ces bœufs de Camargue sont élevés pour courir dans les *ferrades,* les fêtes de villages ; et quelques-uns ont des noms déjà célèbres par tous les cirques de Provence et de Languedoc. C'est ainsi que la *manado* voisine

compte entre autres un terrible combattant appelé *le
Romain,* qui a décousu je ne sais combien d'hommes et
de chevaux aux courses d'Arles, de Nîmes, de Tarascon.
Aussi ses compagnons l'ont-ils pris pour chef; car dans
ces étranges troupeaux les bêtes se gouvernent elles-mêmes, groupées autour d'un vieux taureau qu'elles adoptent
comme conducteur. Quand un ouragan tombe sur la
Camargue, terrible dans cette grande plaine où rien ne le
détourne, ne l'arrête, il faut voir la *manado* se serrer derrière son chef, toutes les têtes baissées tournant du côté
du vent ces larges fronts où la force du bœuf se condense.
Nos bergers provençaux appellent cette manœuvre : *vira
la bano au giscle* – tourner la corne au vent. Et malheur
aux troupeaux qui ne s'y conforment pas! Aveuglée par
la pluie, entraînée par l'ouragan, la *manado* en déroute
tourne sur elle-même, s'effare, se disperse, et les bœufs
éperdus, courant devant eux, pour échapper à la tempête,
se précipitent dans le Rhône, dans le Vaccarès ou dans
la mer.

NOSTALGIES DE CASERNE

Ce matin, aux premières clartés de l'aube, un formidable roulement de tambour me réveille en sursaut... Ran plan plan! Ran plan plan!...

Un tambour dans mes pins à pareille heure!... Voilà qui est singulier, par exemple.

Vite, vite, je me jette à bas de mon lit et je cours ouvrir la porte.

Personne! Le bruit s'est tu... Du milieu des lambrusques mouillées, deux ou trois courlis s'envolent en secouant leurs ailes... Un peu de brise chante dans les arbres... Vers l'orient, sur la crête fine des Alpilles, s'entasse une poussière d'or d'où le soleil sort lentement... Un premier rayon frise déjà le toit du moulin. Au même moment, le tambour, invisible, se met à battre aux champs sous le couvert... Ran... plan... plan, plan, plan.

Le diable soit de la peau d'âne! Je l'avais oubliée. Mais enfin, quel est donc le sauvage qui vient saluer l'aurore au fond des bois avec un tambour?... J'ai beau regarder, je ne vois rien... rien que les touffes de lavande, et les pins qui dégringolent jusqu'en bas sur la route... Il y a peut-être par là dans le fourré quelque lutin caché en train de se moquer de moi... C'est Ariel, sans doute, ou maître Puck. Le drôle se sera dit, en passant devant mon moulin :

— Ce Parisien est trop tranquille là-dedans, allons lui donner l'aubade.

Sur quoi, il aura pris un gros tambour, et... ran plan plan!... ran plan plan!... Te tairas-tu, gredin de Puck! tu vas réveiller mes cigales.

Ce n'était pas Puck.

C'était Gouguet François, dit Pistolet, tambour au 31ᵉ de ligne, et pour le moment en congé de semestre. Pistolet s'ennuie au pays, il a des nostalgies, ce tambour, et — quand on veut bien lui prêter l'instrument de la commune — il s'en va, mélancolique, battre la caisse dans les bois, en rêvant de la caserne du Prince-Eugène.

C'est sur ma petite colline verte qu'il est venu rêver aujourd'hui... Il est là, debout contre un pin, son tambour entre ses jambes et s'en donnant à cœur joie... Des vols de perdreaux effarouchés partent à ses pieds sans qu'il s'en aperçoive. La férigoule embaume autour de lui, il ne la sent pas.

Il ne voit pas non plus les fines toiles d'araignée qui tremblent au soleil entre les branches, ni les aiguilles de pin qui sautillent sur son tambour. Tout entier à son rêve et à sa musique, il regarde amoureusement voler ses baguettes, et sa grosse face niaise s'épanouit de plaisir à chaque roulement.

Ran plan plan! Ran plan plan!...

« Qu'elle est belle, la grande caserne, avec sa cour aux larges dalles, ses rangées de fenêtres bien alignées, son peuple en bonnet de police, et ses arcades basses pleines du bruit des gamelles!... »

Ran plan plan! Ran plan plan!...

« Oh! l'escalier sonore, les corridors peints à la chaux, la chambrée odorante, les ceinturons qu'on astique, la planche au pain, les pots de cirage, les couchettes de fer à couverture grise, les fusils qui reluisent au râtelier! »

Ran plan plan! Ran plan plan!...

« Oh! les bonnes journées du corps de garde, les cartes qui poissent aux doigts, la dame de pique hideuse avec des agréments à la plume, le vieux Pigault-Lebrun dépareillé qui traîne sur le lit de camp!... »

Ran plan plan! Ran plan plan!

« Oh! les longues nuits de faction à la porte des ministères, la vieille guérite où la pluie entre, les pieds qui ont froid!... les voitures de gala qui vous éclaboussent en passant!... Oh! la corvée supplémentaire, les jours de bloc, le baquet puant, l'oreiller de planche, la diane froide par les matins pluvieux, la retraite dans les brouillards à l'heure où le gaz s'allume, l'appel du soir où l'on arrive essoufflé! »

Ran plan plan! Ran plan plan!

« Oh! le bois de Vincennes, les gros gants de coton
blanc, les promenades sur les fortifications... Oh! la bar-
rière de l'Ecole, les filles à soldats, le piston du Salon de
Mars, l'absinthe dans les bouis-bouis, les confidences
entre deux hoquets, les briquets qu'on dégaine, la
romance sentimentale chantée une main sur le cœur!... »

Rêve, rêve, pauvre homme! ce n'est pas moi qui t'en
empêcherai...; tape hardiment sur ta caisse, tape à tour de
bras. Je n'ai pas le droit de te trouver ridicule.

Si tu as la nostalgie de ta caserne, est-ce que, moi, je
n'ai pas la nostalgie de la mienne?

Mon Paris me poursuit jusqu'ici comme le tien. Tu
joues du tambour sous les pins, toi! Moi, j'y fais de la
copie... Ah! les bons Provençaux que nous faisons!
Là-bas, dans les casernes de Paris, nous regrettions nos
Alpilles bleues et l'odeur sauvage des lavandes; maintenant, ici, en pleine Provence, la caserne nous manque, et
tout ce qui la rappelle nous est cher!...

Huit heures sonnent au village. Pistolet, sans lâcher ses
baguettes, s'est mis en route pour rentrer... On l'entend
descendre sous le bois, jouant toujours... Et moi, couché
dans l'herbe, malade de nostalgie, je crois voir, au bruit
du tambour qui s'éloigne, tout mon Paris défiler entre les
pins...

Ah! Paris!... Paris!... Toujours Paris!

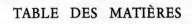

TABLE DES MATIÈRES

LETTRES DE MON MOULIN

Achevé d'imprimer le 25 février 1982
par les Imprimeries Maury
12102 Millau
pour France-Loisirs

Dépôt légal : février 1982
N° d'éditeur : 6617
N° d'imprimeur : 7138

Imprimé en France.